Alexandre Dumas

Tausend und ein Gespenst

Reiher Verlag

Nach einer alten Übersetzung frei bearbeitet
von Werner Liersch

Dumas, Alexandre: Tausend und ein Gespenst /
Alexandre Dumas. – Berlin :
Reiher Verl. GmbH, 1991. – 141 S.
(Reiher-Crime)

ISBN 3-910163-88-2

Typographie: Uwe Niekisch
Einband: Michaela Barthel
Printed in Germany
Gesamtherstellung: Graphischer Großbetrieb Pößneck GmbH
Ein Mohndruck-Betrieb

I.
Der Mord in der Passage des Sergens

Am 1. September des Jahres 1831 wurde ich von meinem alten Freund, der Bürochef der Privatdomänen des Königs war, eingeladen, mit seinem Sohn die Jagd in Fontenay-aux-Roses zu eröffnen.

Ich liebte damals die Jagd sehr, und die Gegend, in der die Jagd eröffnet wurde, spielte für mich eine große Rolle. Ich war niemals in Fontenay-aux-Roses gewesen, niemand kennt die Umgebung von Paris schlechter als ich. Ich liebe die großen Entfernungen. Wenn ich Paris verlasse, dann, um an Orte zu gelangen, wohin man ein paar hundert Stunden unterwegs ist.

Um sechs Uhr abends fuhr ich nach Fontenay ab, den Kopf wie immer aus dem Wagenschlag gesteckt. Der Wagen rollte nach einiger Zeit durch die Ebene von Petit Montrouge, die einen seltsamen Eindruck hinterläßt. Es sind die Treträder inmitten der Felder, mit denen der Kalkstein aus der Tiefe gefördert wird. Der Arbeiter, der darin über Tag die immer gleiche Bewegung macht, hat am Abend über fünfzigtausend Schritte getan, ohne den Platz gewechselt zu haben. Wenn der Mann, der darin schuftet, seinen Fuß nicht auf die Schwelle des Tretrades, sondern auf eine Leitersprosse setzte und immer weiter so stiege, käme er nach dreiundzwanzig Jahren auf dem Mond an.

Aus den der Erde entrissenen Kalksteinblöcken bildet man große Stapel, sie sind das zukünftige Paris. Die Steinbrüche, aus denen dieses Material entnommen wird, werden mit jedem Tag größer. Sie bilden die Fortsetzung der Katakomben, aus denen das alte Paris hervorgegangen ist. Es sind die Vorstädte der unterirdischen Stadt. Wenn man auf den Wiesen von Montrouge geht, so geht man über Abgründen. Von Zeit zu Zeit findet man eine Vertiefung im Boden, darunter ist ein schlecht geschützter Stollen eingebrochen.

Es wohnt in dieser Gegend ein besonderer Menschenschlag. Die Arbeit in der Dunkelheit macht die Menschen schweigsam und grimmig, Nachttiere haben ihr besonderes Wesen. Oft hört man von Unfällen sprechen, eine Stütze hat nachgegeben, ein Seil ist gerissen, ein Mann ist zerschmettert worden. Oben auf der Erde glaubt man, daß das ein Unglück ist, dreißig Fuß darunter weiß man, daß es ein Verbrechen ist.

Die Steinbrecher sehen nicht besonders angenehm aus. Sie blinzeln in der Helligkeit des Tages, ihre Stimme klingt im Freien dumpf. Sie tragen glatte lange Haare, der Bart macht nur sonntags Bekanntschaft mit dem Rasiermesser, die Kleidung ist dürftig. Eine Weste, aus der Hemdsärmel aus grauer Leinwand sehen, Hosen von blauem Tuch.

Wenn es irgendeinen Aufstand gibt, so sind diese Männer dabei. Wenn man in den vornehmen Vierteln sagt, die Arbeiter von Montrouge sind unterwegs, schließen die Bewohner ihre Türen.

Das war es, was ich in dieser Dämmerstunde vor mir sah, das war es, worüber ich nachdachte.

Wir kamen gegen halb neun in Fontenay an, wo uns ein gutes, vortreffliches Abendessen erwartete, und nach dem Abendessen machten wir einen Spaziergang durch den Garten.

Sorrent in Italien ist ein Wald von Orangenbäumen, unser Fontenay ist ein Rosenstrauch. Jedes Haus hat seinen Rosenstrauch, der an der Hausmauer hochsteigt und sich von einer gewissen Höhe wie ein Fächer ausbreitet. Die Luft ist mit Wohlgerüchen erfüllt, und wenn der Wind kräftig geht, regnet es Rosenblätter.

Vom äußersten Ende des Gartens hätten wir einen weiten Blick gehabt, wäre es nicht schon Abend und dunkel gewesen. Etwas anderes entschädigte uns.

Die in der Ferne funkelnden Lichter deuteten die Ortschaften Sceaux, Bagneaut, Châtillion und Montrouge an. Im Hintergrund erstreckte sich eine lange rötliche Linie, aus der ein Geräusch wie aus der Brust des Leviathans kam, das war das Atmen von Paris.

Man mußte uns wie kleine Kinder mit Gewalt ins Bett bringen, denn gern hätten wir unter diesem schönen sternenfunkelnden Himmel in der zauberhaften Nachtluft auf den Tag gewartet. Um fünf Uhr morgens gingen wir auf die Jagd. Doch bis Mittag hatten wir erst ein Kaninchen und vier Rebhühner gesehen. Das Kaninchen hatte mein rechter Nachbar verfehlt, meinem linken Nachbarn war ein Rebhuhn entgangen, aber von den drei anderen Rebhühnern hatte ich zwei geschossen.

Ich liebe die Jagd, aber ich verabscheue das Herumlaufen, besonders diese Wege über die Felder. Unter dem Vorwand, einen ganz links von mir gelegenen Kleeacker zu durchsuchen, entfernte ich mich aus der Linie der Jäger und machte einen Abstecher.

Ich hatte auf diesem Feld einen Hohlweg entdeckt, der mich den Blicken der anderen Jäger entzog und mich auf der Straße von Sceaux geraden Wegs nach Fontenay-aux-Roses zurückführen mußte.

Ich irrte mich nicht. Als es ein Uhr schlug, erreichte ich die ersten Häuser des Dorfes.

Ich ging an einer Mauer entlang, die ein schönes Anwesen umzog, als ich genau an der Stelle, wo die Rue Diane sich mit der Grande Rue vereinigt, von der Kirche her einen Mann von so sonderbarem Aussehen auf mich zukommen sah, daß ich stehenblieb und instinktiv meine Doppelflinte spannte.

Er bemerkte mich gar nicht. Seine Haare waren gesträubt, die Augen rot unterlaufen, die Kleidung durcheinander, die Hände blutig und das Gesicht bleich. Ohne mich zu beachten, ging der Mann an mir vorüber. Sein Blick war starr und dabei eigenartig matt.

Er bog eilig in die Rue Diane ein und lief auf das Anwesen zu, an dessen Mauer ich eben vorübergegangen war. Eine grün gestrichene Tür führte in das Innere, und über der

Tür prangte eine 2. Mit ausgestrecktem Arm ging der Mann auf die Glocke an der Tür zu und zog heftig an ihr, um sich sogleich auf einen der beiden Ecksteine niederzulassen. Da saß er nun regungslos mit herabhängenden Armen und den Kopf auf die Brust geneigt.

Ich ging wieder zurück, denn ich war überzeugt, daß irgendein schreckliches und unbekanntes Drama mit diesem Mann zusammenhing. Bald umstanden ihn auch einige Leute, die aus den Häusern gekommen waren, und betrachteten ihn mit dem gleichen Erstaunen wie ich. Ohne Zweifel machte er den gleichen schrecklichen Eindruck auf sie wie auf mich.

Beim Läuten der Glocke öffnete sich eine kleine Tür neben dem großen Tor, und eine Frau von vierzig bis fünfundvierzig Jahren erschien.

»Ah! Sie sind es, Jacquemin«, sagte die Frau, »was machen Sie denn da?«

»Ist der Herr Bürgermeister zu Hause?« fragte der Mann mit dumpfer Stimme.

»Ja.«

»Nun, Mutter Antoine, dann sagen Sie ihm, daß ich meine Frau umgebracht habe und mich als Gefangener stelle.«

Die als Antoine Angesprochene stieß einen Schrei aus, als sie das schreckliche Geständnis hörte, und auch von den anderen waren Laute des Entsetzens zu hören.

Ich selbst wich einen Schritt zurück und lehnte mich an den Stamm einer Linde.

Der Mörder war von dem Eckstein zu Boden geglitten, als ob ihn die Kraft verlassen hätte, nachdem er die verhängnisvollen Worte gesprochen hatte. Inzwischen war Antoine verschwunden, offensichtlich richtete sie im Hause ihren Auftrag aus. Fünf Minuten später erschien der Bürgermeister. Zwei Männer folgten ihm.

Der Bürgermeister von Fontenay-aux-Roses trat neben den zu Boden gesunkenen Mann. Neben mir standen ein

Mann, eine Frau und ein Kind. Das Kind weinte, damit es seine Mutter auf den Arm nähme. Hinter dieser Gruppe streckte ein Bäcker den Kopf aus dem im ersten Stock gelegenen Fenster seines Hauses und fragte seinen unten auf der Straße stehenden Gesellen, ob es nicht Jacquemin der Steinhauer wäre, der eben vorübergelaufen wäre, und schließlich erschien auch noch der Hufschmied in seiner Tür. Schwarz hob er sich vor dem Feuerschein im Innern seiner Schmiede ab, wo ein Lehrling den Blasebalg zog.

In der Ferne sah ich zwei Gendarmen auftauchen, die von ihrer Patrouille kamen und – ohne das Geschäft zu ahnen, das sie erwartete – sich uns näherten. Sie ritten ruhig im Schritt. Es schlug ein viertel zwei.

In den letzten Schlag der Glocke fielen die ersten Worte des Bürgermeisters.

»Jacquemin«, sagte er, »ich hoffe, daß Antoine nicht richtig gehört hat, sie hat mir in deinem Auftrag gesagt, daß deine Frau tot sei und du sie umgebracht hast.«

»Das ist die reine Wahrheit, Herr Bürgermeister«, antwortete Jacquemin. »Sie müssen mich ins Gefängnis schaffen und schnell hinrichten lassen.«

Während er das sagte, versuchte er sich aufzurichten, indem er sich an den Eckstein klammerte. Aber gleich darauf sank er wieder zurück, als ob die Knochen seiner Beine gebrochen wären.

»Geh doch, du bist verrückt«, sagte der Bürgermeister.

»Sehen Sie meine Hände an«, sagte der Steinhauer, und er streckte dem Bürgermeister zwei blutige Finger entgegen, die wie eine Kralle sich verkrampft hatten. Die linke Hand war rot bis über die Faust, die rechte bis an den Ellbogen, auch floß am rechten Daumen ein frischer Blutstreif herab, der von einem Biß herrührte, den das Opfer ihm offenbar versetzt hatte, als es sich wehrte.

Inzwischen waren die Gendarmen herangeritten und hielten vor der Gruppe.

Der Bürgermeister winkte ihnen, sie stiegen von ihren

Pferden und warfen die Zügel einem Jungen zu, der eine Soldatenmütze trug und gewiß ein Soldatenkind war. Jetzt gingen sie auf Jacquemin zu, griffen ihm unter die Arme und hoben ihn auf. Er ließ es ohne Widerstand und mit der Schlaffheit eines Mannes geschehen, dessen Geist mit einem einzigen Gedanken beschäftigt ist.

Im selben Augenblick kamen der Polizeikommissar und der Arzt, die von dem Fall benachrichtigt worden waren. »Ah! Kommen Sie, Herr Robert! Kommen Sie, Herr Cousin!« sagte der Bürgermeister. »Ich wollte Sie eben holen lassen.« Robert war der Arzt, Cousin der Polizeikommissar.

»Nun, was gibt es denn?« fragte der Arzt mit fröhlicher Miene. »Ein kleiner Mord, wie ich hörte?«

Jacquemin antwortete nicht.

»Nun reden Sie doch, Freund Jacquemin«, fuhr der Doktor fort, »ist es denn wahr, daß Sie Ihre Frau umgebracht haben?«

Jaquemin schwieg weiter.

»Auf jeden Fall hat er sich einer solchen Tat beschuldigt«, sagte der Bürgermeister, »ich hoffe aber doch, daß es sich um irgendeine Wahnvorstellung handelt und nicht um ein wirkliches Verbrechen.«

»Jacquemin«, sagte der Polizeikommissar, »antworten Sie endlich, ist es wahr, daß Sie ihre Frau getötet haben?«

Das Schweigen blieb.

»Auf alle Fälle können wir uns ja selbst überzeugen«, meinte Dr. Robert, »wohnt er nicht in der Passage des Sergens?«

»So ist es«, bestätigten die Gendarmen.

»Nun denn, Herr Ledru«, wandte sich der Arzt an den Bürgermeister, »gehen wir in die Passage des Sergens.«

»Ich gehe nicht hin, ich gehe nicht mit«, rief Jacquemin und riß sich mit solcher Gewalt von den Gendarmen los, daß er ungehindert hätte fliehen können.

»Aber warum willst Du denn nicht mitgehen?« fragte der Bürgermeister.

»Was soll ich denn dort noch? Ich gestehe ja alles. Ich habe sie umgebracht mit dem großen Schwert, das ich voriges Jahr mir aus dem Artilleriemuseum mitgenommen habe. Bringen Sie mich ins Gefängnis. Ich habe zu Hause nichts mehr verloren. Bringen Sie mich bitte ins Gefängnis.«

Der Doktor und der Bürgermeister sahen sich an.

»Mein Freund«, sagte der Polizeikommissar, der wie der Bürgermeister noch hoffte, daß der Steinhauer unter einer momentanen Geistestrübung litt, »wir können die Sache nicht ohne ihre Anwesenheit klären. Sie müssen wirklich mitkommen.«

»Wozu brauchen Sie mich denn dabei? Es ist doch alles klar. Sie werden die Leiche im Keller finden und neben der Leiche auf einem Gipssack den Kopf. Mich aber bringen sie jetzt in das Gefängnis.« Jacquemin hatte etwas Flehendes in der Stimme.

»Es geht nicht anders«, sagte der Polizeikommissar entschieden.

»Ach mein Gott, ach mein Gott, wenn ich das gewußt hätte!«

»Und was hättest du dann getan?«

»Ich hätte mich selbst umgebracht.«

»Das verstehe ich nicht«, sagte der Bürgermeister, »das mußt du mir erklären.«

»Alles, was sie wollen, Herr Ledru, fragen Sie mich nur, verhören Sie mich.«

»Wie kommt es denn, daß du mutig genug warst, einen Menschen umzubringen, dich aber jetzt fürchtest, dein Opfer wiederzusehen. Da ist doch irgend etwas passiert, was du uns nicht sagst.«

»Es stimmt. Etwas Schreckliches.«

»Dann erzähle es doch endlich.«

»Ich kann es nicht«, sagte Jacquemin, »Sie würden mir ja doch nicht glauben und sagen, daß ich verrückt bin.«

»Egal jetzt, was war denn? Sage es mir.«

»Ich will es Ihnen sagen, aber nur Ihnen.«

Jacquemin trat an die Seite von Ledru. Die beiden Gendarmen wollten ihn festhalten, aber der Bürgermeister gab ihnen einen Wink, und sie ließen ihn los. Er hätte auch nicht mehr fliehen können, denn die Hälfte der Bevölkerung wenigstens von Fontenay-aux-Roses versperrte die Rue Diane und die Grande Rue.

»Glauben Sie, Herr Ledru«, sagte Jacquemin leise, »daß ein Kopf sprechen kann, wenn er vom Körper getrennt ist?«

Ledru erblaßte. Die Hand ging zum Mund, um einen Schrei zu unterdrücken.

»Glauben Sie das? Sagen Sie es«, wiederholte Jacquemin. Man sah, wie sich Ledru überwand, um zu sagen: »Ja, ich glaube es.«

»Nun denn ... er hat gesprochen ... der Kopf hat gesprochen ... Jeannes Kopf.«

»Wirklich?«

»Der Kopf hat seine Augen aufgemacht und die Lippen bewegt. Er hat mich angesehen und gesagt ›Du elender Mörder.‹«

Jacquemin hatte zwar nur mit Ledru geredet, aber alle hatten deutlich gehört, was er gesagt hatte. Der Doktor lachte.

»Ein schönes Märchen, wirklich. Er hat gesprochen ... ein abgeschlagener Kopf soll gesprochen haben.«

Jacquemin wandte sich zu dem Doktor. »Wenn ich es Ihnen sage«, beharrte er.

»Nun denn«, sagte der Polizeikommissar, »ein Grund mehr, daß wir uns endlich an den Schauplatz des Geschehens begeben. Gendarmen, nehmen Sie den Gefangenen.«

Jacquemin schrie und sträubte sich.

»Nein, nein«, brüllte er, »Sie können mich in Stücke reißen, aber ich komme nicht mit.«

»Nun stellen Sie sich doch nicht so an, mein Freund«, sagte Ledru. »Wenn es stimmt, daß Sie ein solches schreckliches Verbrechen begangen haben, wie Sie uns hier erzählen, dann ist es die mindeste Buße, daß Sie der Sache ins Auge blicken. Außerdem ist auch jeder Widerstand zwecklos. Wenn Sie sich nicht freiwillig auf den Weg machen, werden die Gendarmen Sie eben mit Gewalt hinbringen.«

Jacquemin seufzte. »Nun gut, dann will ich es tun. Aber versprechen Sie mir, Herr Bürgermeister, mich nicht zu verlassen, solange wir in dem Keller sind. Und darf ich mich an Ihrem Arm festhalten?«

»Ja.«

»Also dann«, sagte er, »gehen wir.« Er trocknete sich mit einem Taschentuch die schweißnasse Stirn. Die Blässe in seinem Gesicht hatte noch zugenommen. Der Zug setzte sich nun in Richtung der Passage des Sergens in Bewegung. An der Spitze gingen der Polizeikommissar und der Doktor, dann die Gendarmen mit Jacquemin und hinter ihnen Bürgermeister Ledru und zwei Männer, die mit ihm aus seiner Haustür getreten waren. Ich hielt mich etwas dahinter. Uns folgte wie ein tosender, brandender Strom die Menge der Leute, die sich auf der Straße angesammelt hatte.

Wir waren nach ungefähr einer Minute in der Passage des Sergens. Es war eine kleine Gasse, in der es bergab zu einem großen, verfallenen Tor ging. In dem einem Torflügel war eine kleine Tür, die nur noch an einer Angel hing.

Auf den ersten Blick schien alles ruhig in diesem Haus. Ein Rosenstrauch blühte an der Tür, und daneben sonnte sich behaglich auf einer steinernen Bank eine große rotgelbe Katze. Beim Anblick der vielen Menschen erschrak die Katze und verschwand in einem Kellerloch.

Jacquemin blieb an der Tür stehen. Die Gendarmen wollten ihn mit Gewalt durch die Tür drängen. Er wandte sich zu Ledru.

»Herr Bürgermeister, Herr Bürgermeister, Sie haben versprochen, mich nicht zu verlassen.«

»Nun, ich bin ja da«, antwortete Ledru.

»Ihren Arm, Ihren Arm.«

Ledru bedeutete den Gendarmen, ihren Gefangenen loszulassen, und reichte ihm den Arm.

»Ich bürge für ihn«, sagte er.

In diesem Augenblick war Ledru nicht mehr der Bürgermeister der Gemeinde, der der Bestrafung eines Verbrechens nachging, sondern ein Kundschafter auf dem Gebiet des Unbekannten. Sein Führer allerdings war ein Mörder.

Der Doktor und der Polizeikommissar traten zuerst ein, dann Ledru und Jacquemin, die Gendarmen und schließlich ein paar Bevorzugte, unter denen auch ich mich befand. Die Gendarmen kannten mich ja von der Jagd her, als sie meinen Waffenschein geprüft hatten.

Die Tür wurde vor der übrigen Bevölkerung wieder geschlossen. Murrend blieben die Leute draußen. Im Haus deutete nichts das schreckliche Ereignis an, das sich hier abgespielt haben sollte. Alles war an seinem gewohnten Platz. Am Kopfende des Bettes hing ein schwarzes Kruzifix mit einem vertrockneten Buchsbaumzweig vom Osterfest. Auf dem Kamin lag zwischen Blumen ein Jesuskind aus Wachs, und zwei Leuchter standen da, von denen der Silberüberzug abblätterte. Die Wand schmückten vier kolorierte Kupferstiche in schwarzen Rahmen, andere Weltteile darstellend. Der Tisch war gedeckt, auf dem Herd köchelte ein Topf, und unter einer Kuckucksuhr stand der Brotschrank. Seine Tür war offen.

»Nun«, sagte der Doktor lächelnd, »bis jetzt sehe ich nichts.«

»Öffnen Sie die Tür da«, murmelte Jacquemin, und er zeigte auf die Wand gegenüber.

Einer der Gendarmen drückte die Klinke. Wir kamen in eine Vorratskammer, in deren äußerster Ecke eine Falltür offenstand. Ein Lichtschein kam zitternd von unten.

»Dort«, flüsterte Jacquemin und klammerte sich mit der einen Hand an Ledru und zeigte mit der anderen nach der Kelleröffnung.

»Aha«, sagte der Doktor mit dem kalten Lächeln von Leuten, auf die nichts Eindruck macht, weil sie an nichts glauben. Leise sagte er zu dem Polizeikommissar: »Madame Jacquemin hat es offenbar gemacht, wie es im Lied heißt.« Dann summte er vor sich hin: »Im Keller sollst Du mich begraben, wo ich so ...«

»Still«, unterbrach ihn Jacquemin, »singen Sie hier nicht.« Er war totenblaß. Der Doktor schwieg. Doch als er die ersten Stufen der Treppe hinabstieg, stolperte er fast über einen Degen. Die Waffe hatte eine auffällig breite Klinge.

»Was ist das?« fragte der Doktor.

Es war das zweihändige Schwert, das Jacquemin, wie er gesagt hatte, aus dem Artilleriemuseum mitgenommen hatte. Es war in einer Zeit der Wirren gewesen, in den Tagen der Julirevolution von 1830. Die Klinge war mit Blut gefärbt. So also sah es aus. Der Polizeikommissar nahm das Corpus delicti dem Doktor aus den Händen. »Kennen Sie diese Waffe?« fragte er den Gefangenen.

»Ja«, antwortete Jacquemin. »Gehen Sie. Machen Sie ein Ende.«

Es war die erste Spur des Mordes, die wir fanden.

Alle gingen in den Keller. Auf der siebenten Stufe konnte ich den ganzen Keller übersehen. Es war ein schreckliches Bild. Ich will versuchen, es zu schildern. Der Blick konnte nicht anders, als sich auf die Leiche zu richten, die da ohne Kopf neben einem Faß lag, aus dessen halb geöffnetem Hahn ein dünner Weinstrahl floß. Als schmale Rinne versikkerte er unter den Lagerbalken des Fasses.

Die Leiche lag gekrümmt, als hätte der Körper im Todeskampf eine Bewegung versucht, der die Beine nicht folgen konnten. Das Kleid der dort liegenden Frau war auf einer Seite bis zum Strumpfband hochgeschlagen. Man sah, daß sie in dem Augenblick von dem Mordwerkzeug getroffen worden war, als sie, vor dem Faß kniend, eine Flasche füllen wollte. Sie war ihr aus den Händen gefallen und lag auf dem Boden. Der ganze Oberkörper schwamm in einer Pfütze von Blut.

Auf einem Gipssack, der an der Mauer lehnte, sah man

einen Kopf. Ich muß genauer sein. Man erriet, daß es ein Kopf sein mußte, denn der Gegenstand war ganz in Haaren verborgen. Blut hatte den Sack wenigstens zur Hälfte rot gefärbt. Das schreckliche Bild wurde von dem matten, zitternden Schein eines Talglichtes erhellt, das auf dem Faß stand.

»Einen Tisch und einen Stuhl«, sagte der Polizeikommissar nüchtern, »wir müssen ein Protokoll aufnehmen.«

Man brachte dem Polizeikommissar den Tisch und den Stuhl und setzte sie in den Keller. Er prüfte, ob der Tisch fest stand, setzte sich davor, verlangte das Talglicht, das der Doktor ihm reichte, indem er über die Tote stieg, und dann begann er das Protokoll, nachdem er Tintenfaß, Feder und Papier aus seiner Tasche gezogen hatte.

Während er schrieb, blickte der Arzt neugierig zu dem Gipssack mit dem Kopf der Ermordeten.

»Bitte berühren Sie nichts«, sagte der Mann am Tisch, der jetzt seinem Amt nachging, »wir müssen ordnungsgemäß vorgehen.«

II.
Die Erzählung des Mörders

Es herrschte einige Minuten tiefste Stille, nur die Feder des Polizeikommissars kratzte auf dem rauhen Regierungspapier. Nachdem er ein paar Zeilen geschrieben hatte, hob er den Kopf und sah sich um.

»Wer will sich als Zeuge zur Verfügung stellen?« fragte er und sah den Bürgermeister ratsuchend an.

»Nun«, sagte Ledru, »zunächst einmal wohl diese beiden Herren.« Er deutete bei diesen Worten auf die Männer, die mit ihm gekommen waren. Dann wandte er sich an mich:

»Vielleicht auch noch dieser Herr, wenn es ihm recht ist, das Protokoll mit seiner Unterschrift zu bestätigen?«

»Gewiß, mein Herr«, antwortete ich.

Als erstes wandte sich der Polizeikommissar an den nächststehenden Freund Ledrus.

»Ihr Vor- und Zuname bitte, Alter, Stand und Wohnung?« fragte er mit der Selbstverständlichkeit eines Mannes, der es gewohnt ist, solche Fragen zu stellen.

»Jean Louis Aliette, auch Etteila genannt, Schriftsteller, Rue de l'Ancienne Comédie Nr. 20.«

»Sie vergessen ihr Alter«, sagte der Polizeikommissar.

»Muß ich das Alter angeben, das ich habe, oder das Alter, das man mir gibt?«

»Sagen Sie mir, wie alt Sie sind, bei Gott! Man hat doch keine zwei Alter.«

»Sind Sie so sicher? Es gibt gewisse Personen, Cagliostro, den Grafen von Saint Germain, den ewigen Juden zum Beispiel ...«

»Wollen Sie damit etwa sagen, daß Sie Cagliostro oder der Graf von Saint Germain oder gar der ewige Jude sind?« fragte der Polizeikommissar ärgerlich. Man sah ihm an, daß ihm der Gedanke durch den Kopf ging, der Mann mache sich über ihn lustig.

»Nein, aber ...«

Bevor er weitersprechen konnte, griff Ledru ein. »Schreiben Sie fünfundsiebzig Jahre, Herr Cousin, fünfundsiebzig Jahre.«

»Gut«, sagte der Polizeikommissar und schrieb, »das ist doch eine Antwort. Und nun Sie, mein Herr. Wie ist es mit Ihnen?« Cousin wandte sich an den zweiten Freund Ledrus.

»Pierre Joseph Moulle, einundsechzig Jahre, Geistlicher an der Kirche Saint Sulpice, Rue Servandoni Nr. 11«, antwortete der Angesprochene sanft.

»Und jetzt Sie?« fragte er schließlich mich.

»Alexandre Dumas, Romanschriftsteller, siebenundzwanzig Jahre alt, wohnhaft in Paris, Rue l'Université Nr. 21«, antwortete ich.

Die Miene des Polizeikommissars war heller geworden.

»Na also«, sagte er. »Auch ein Schriftsteller, der kennt aber sein Alter, oder sind Sie auch unsterblich?«

»Ich weiß es noch nicht.«

Auf der Stirn des Polizisten war wieder die Unmutsfalte.

»Na gut«, sagte er. »machen wir weiter. Ich verlese Ihnen jetzt das Protokoll, meine Herren, und Sie sehen bitte zu, ob es so recht ist, oder ob Sie noch etwas hinzuzufügen haben.«

Und er las mit näselnder, monotoner Stimme.

»Ist es so recht, meine Herren?« fragte der Polizeikommissar mit zufriedener Miene, als er am Ende war.

»Vollkommen«, bestätigten wir.

»Schön, dann verhören wir jetzt den Täter.« Er wandte sich an den Gefangenen.

»Ihr Name?«

»Pierre Jacquemin.«

»Das Alter?«

»Einundvierzig Jahre.«

»Ihr Beruf?«

»Steinhauer.«

»Die Wohnung?«

»Passage des Sergens.«

»Sie bekennen, das Verbrechen begangen zu haben?«

»Ja.«

»Und aus welchem Grund und unter welchen Umständen haben Sie die Tat begangen?«

»Der Grund ..., das ist überflüssig«, sagte Jacquemin. »Das ist ein Geheimnis, das zwischen mir und der Toten bleiben wird.«

»Es gibt keine Wirkung ohne Ursache.«

»Die Ursache ... ich sage dazu nichts. Die Umstände ... wie Sie sagen ... Sie wollen sie kennenlernen?«

»Ja.«

»Nun denn, ich will sie Ihnen sagen. Wenn man unter der Erde arbeitet, wenn man in der Dunkelheit arbeitet, so wie in meinem Beruf, da leidet eben die Seele, da steigen schlimme Gedanken in einem hoch.«

Der Polizeikommissar unterbrach ihn. »Aha, Sie gestehen also die Absicht?«

»Also wenn ich Ihnen sage, daß ich alles gestehe, ist das denn nicht genug?«

»Doch, reden Sie weiter.«

»Also, da war dieser Gedanke in mir aufgestiegen, Jeanne zu töten, und das quälte mich schon länger als einen Monat, aber das Herz hinderte den Kopf, und das ging so lange, bis zu der Sache, die ein Freund mir sagte.«

»Und was war das?«

»Heute morgen habe ich zu meiner Frau gesagt, daß ich mal nicht zur Arbeit gehen werde, ich hätte Lust, mich zu amüsieren, als wäre es ein Feiertag, ich werde Kegeln gehen, Jeanne, sagte ich, mach Du uns was Schönes zu essen, ich bin mittags wieder da. Es ist gut, hat meine Frau gesagt.

Aber ich bin nicht zum Kegeln gegangen. Ich habe das Schwert genommen und es auf einem Schleifstein scharf gemacht, und dann bin ich in den Keller und habe mich zwischen den Fässern versteckt, denn ich dachte mir, sie wird in den Keller kommen, Wein holen, dann werden wir sehen.

Wie lange ich hinter dem Faß blieb, weiß ich nicht, mir was ganz heiß, das Herz klopfte wild, und ich sah alles rot wie in der Nacht, und dann war dieses Wort da, das der Freund mir gesagt hatte.«

»Aber was für ein Wort denn?«

»Ich habe doch gesagt, daß Sie es niemals erfahren werden. Endlich hörte ich das Rauschen eines Kleides, einen Schritt, der näher kam… Ich sah ein Licht zittern. Die Beine auf den Kellerstufen, den Körper, den Kopf, ja, den Kopf ganz genau … Sie hielt den Leuchter in der Hand … und sie kam näher … irgend eine Ahnung muß sie gehabt haben … sie hatte Furcht, sie schaute nach allen Seiten, aber ich war gut versteckt und rührte mich nicht. Dann kniete sie sich vor das Faß, hielt die Flasche unter den Hahn und drehte ihn auf.

Ich erhob mich – Sie verstehen, sie war gebeugt –, das

Rauschen des Weins, der in die Flasche lief, hinderte sie, das Geräusch zu hören, das ich vielleicht machte, und dann schlich ich mich auch ganz leise heran. Sie hockte da wie eine Verurteilte auf den Knien. Ich erhob das Schwert, und ... ich weiß nicht einmal, ob sie geschrieen hat ... der Kopf fiel auf den Boden. Ich war jetzt ein Mörder, aber ich wollte nicht auch sterben. Ich wollte mich retten.

Ich wollte ein Loch im Kellerboden ausheben und sie darin begraben ... ich sprang dem Kopf hinterher, der über den Boden rollte, das viele Blut ... ich hatte mir einen Sack Gips besorgt, es aufzusaugen ... ich packte den Kopf, oder vielmehr der Kopf packte mich ... Sehen Sie!« Er hob seine rechte Hand empor, im Daumen zeigte sich ein tiefer Riß. »Was, der Kopf hat Sie gepackt?« rief der Doktor. »Zum Teufel, was reden Sie denn?«

»Ich sage, daß er mich schrecklich biß. Da, sehen Sie. Er wollte mich nicht loslassen. Ich stellte ihn auf den Sack, und dann drückte ich ihn mit meiner linken Hand gegen die Wand und versuchte meine rechte aus dem Mund zu reißen, aber in dem Augenblick ließen mich die Zähne von selber los. Ich bekam meine Hand frei. Es war vielleicht Wahnsinn, aber mir schien es so, als wäre in dem Kopf Leben, die Augen standen weit offen. Ich konnte es genau sehen, das Licht stand ja auf dem Faß, und dann bewegten sich die Lippen und sagten ›Elender, ich bin unschuldig‹.«

Ich weiß nicht, wie die Aussage auf die anderen wirkte, aber was mich betrifft, so weiß ich, daß mir ganz kalt wurde.

»Das ist ja unglaublich«, rief Dr. Robert, »die Augen haben dich angesehen, der Mund hat gesprochen?«

»Hören Sie, Doktor, da Sie Arzt sind, glauben Sie so etwas natürlich nicht, aber ich sage Ihnen, es war genau so, wie ich es geschildert habe. Und dann bitte bedenken Sie, warum hätte ich mich gestellt, nachdem ich erst einen ganz anderen Gedanken hatte? Warum wollte ich mich erst retten und bin dann zum Bürgermeister gelaufen? Ist das wahr, Herr Bürgermeister, ist das wahr, antworten Sie?«

»Ja«, sagte Ledru, »er ist gekommen.«

»Untersuchen Sie den Kopf, Doktor Robert«, sagte der Polizeikommissar.

»Erst wenn ich nicht mehr da bin«, flehte Jacquemin.

»Fürchtest du dich, daß sie dich nochmal anredet, Schafskopf?« sagte der Doktor, nahm das Licht und ging auf den Gipssack zu.

»Ich bitte Sie, Herr Ledru«, jammerte Jacquemin, »sagen Sie ihnen doch, daß sie mich gehen lassen.«

»Mein Herr«, sagte Ledru mit einer Gebärde, die den Doktor zurückhielt, »Sie können nichts mehr aus dem Unglücklichen herausbringen. Erlauben Sie, daß ich ihn ins Gefängnis bringen lasse.«

»Aber das Protokoll?« wandte der Polizeikommissar ein. »Der Mann muß es doch unterzeichnen.«

»Er wird es im Gefängnis unterschreiben.«

»Es ist gut«, Cousin nickte.

»Gendarmen, führen Sie den Mann fort«, befahl Ledru.

»Ich danke Ihnen, ich danke Ihnen, Herr Bürgermeister«, sagte Jacquemin und zog die Gendarmen die Treppe hoch.

Es blieben nur noch zwei gräßliche Zeugen der Tat im Keller. Eine Leiche ohne Kopf und ein Kopf ohne Körper. Ich wandte mich nun auch an Ledru.

»Mein Herr«, sagte ich, »gestatten Sie, daß ich fortgehe? Ich stehe Ihnen jederzeit zur Verfügung, um das Protokoll zu unterzeichnen.«

»Aber selbstverständlich, kommen Sie dann zu mir.«

»Und wann?« fragte ich. Der Bürgermeister überlegte.

»Etwa in einer Stunde. Ich werde Ihnen mein Haus zeigen, es hat dem Schauspieler Scarron gehört, dem Gatten der berühmten Madame Maintenon, die einmal Ludwig den XIV. liebte, das wird Sie interessieren.«

»Ich werde in einer Stunde bei Ihnen sein.«

Ich grüßte und stieg die Treppe hinauf. Auf der obersten Stufe warf ich einen Blick in den Keller zurück. Ich sah, wie Doktor Robert mit dem Licht in der Hand die Haare an dem

Kopf ordnete. Das Gesicht einer noch sehr schönen Frau wurde erkennbar. Soviel ich sehen konnte, waren die Augen geschlossen und die Lippen blau und zusammengezogen.

»Dieser Narr«, sagte der Doktor, »will uns erzählen, daß ein abgeschlagener Kopf sprechen kann. Da muß er schon auf eine andere Idee kommen, wenn er uns überzeugen will, er sei nicht zurechnungsfähig. Gelänge ihm sein Spiel, könnte er vor Gericht auf mildernde Umstände hoffen.«

III.
Das Haus Scarrons

Eine Stunde später war ich bei Herrn Ledru. »Schön, daß Sie da sind«, sagte er, »da können wir uns noch ein wenig unterhalten, bevor wir essen.«

»Aber entschuldigen Sie …«

»Ich nehme keine Entschuldigungen an. Sie kommen an einem Donnerstag, und der Donnerstag ist mein Tag. Wer mich da besucht, gehört mir als volles Eigentum. Nach dem Mittagessen wird es Ihnen freistehen, zu bleiben oder zu gehen. Ohne das Ereignis von heute morgen hätten Sie mich bei Tisch gefunden, da ich sonst immer um zwei Uhr zu Mittag esse. Ausnahmsweise werden wir heute erst um halb vier oder um vier Uhr essen. Pyrrhus, den Sie da sehen«, und Ledru zeigte mir einen stattlichen Bullenbeißer, »Pyrrhus hat die Aufregung benutzt, um die Hammelkeule, die meine Haushälterin vorbereitete, aufzufressen. Wir mußten also eine andere vom Fleischer holen. Dieser Aufschub des Essens gibt mir nicht nur die Gelegenheit, Sie meinen Gästen vorzustellen, sondern Ihnen auch noch vorher ein paar Auskünfte über sie zu geben.«

»Auskünfte?« fragte ich etwas verwundert.

»Gewiß, es sind Personen, die, wie der Barbier von Sevilla oder der Figaro auf der Bühne, nötig haben, daß man ihnen gewisse Erklärungen vorausschickt. Aber fangen wir zunächst mit dem Haus an.«

»Wie ich hörte, hat es Scarron gehört, dem Schauspieler und Dichter. Mein Gott, wie lange ist er tot, und immer noch spricht man über ihn. Beinahe ein Jahrhundert ist vergangen.«

»Die Zeit König Ludwigs des XIV. Ja, hier brachte Scarron seine alten Tage zu, er war gelähmt, und seine Frau pflegte ihn, später war sie die Geliebte des Königs. Sie werden ihr Zimmer sehen.«

»Das Zimmer der Frau von Maintenon?«

»Hier war sie Madame Scarron. Aber es ist die gleiche. Kommen Sie.«

Wir stiegen eine große Treppe hinauf und befanden uns in einem auf den Hof gehenden Korridor. Ledru öffnete eine Tür und ließ mich vorangehen.

»Sehen Sie, Herr Dichter«, sagte er, »das geht Sie an, ein Dokument der Leidenschaft aus dem Jahre 1650.« Ledru wies auf zwei große Zeichnungen zwischen den Fenstern.

»Die berühmte Karte der Zärtlichkeit«, sagte ich. Zwei Karten füllten den Raum zwischen den Fenstern. Sie waren mit der Feder auf festes Papier gezeichnet worden.

»Sie sehen«, sagte Ledru, »hier eine große blaue Schlange, das ist der Fluß der Zärtlichkeit. Diese Taubenschläge bedeuten Aufmerksamkeit, Geheimnis, Liebesbrief. Das ist das Wirtshaus der Sehnsucht, das Tal der Süßigkeiten, die Brücke der Seufzer, der ganz mit Ungeheuern bevölkerte Wald der Eifersucht. Endlich hier in der Mitte dieses Sees ist der Palast der vollkommenen Befriedigung, das ist das Ziel der Reise.«

»Teufel auch, das ist wohl ein Vulkan?«

»Ja, er verwüstet ab und an die ganze Gegend. Es ist der Vulkan der Leidenschaften. Wollen Sie jetzt das Zimmer der Madame Scarron sehen?«

Wir traten durch eine andere Tür. »Es ist jetzt mein Zimmer«, sagte Ledru. »Mit Ausnahme der vielen Bücher sieht es noch genauso wie zur Zeit seiner Besitzerin aus. Dasselbe Bett, dieselben Möbel, die sie benutzt hat.«

»Und das Zimmer Scarrons?«

»Das Zimmer Scarrons ist am anderen Ende des Ganges. Aber Sie müssen leider darauf verzichten, auch ich habe meine Geheimnisse.« Ledru lachte. »Aber dafür gehen wir jetzt in den Salon.«

Wir stiegen wieder die Treppe hinunter. Auch dieser Raum hatte, wie das ganze Haus, seinen besonderen Charakter. Die ursprüngliche Farbe der Tapeten war kaum noch zu erkennen, an der Wand stand eine doppelte Sesselreihe, Spieltische waren zu sehen und in der Mitte des Salons ein ihn beinahe ganz ausfüllender Arbeitstisch voller Bücher, Zeitungen und Broschüren. Der Salon war leer. Die Gäste waren im Garten. Ledru zog eine gewaltige Schublade des Tisches auf, und es wurde eine Menge kleiner Pakete sichtbar, die wie Samenpakete aussahen.

»Sehen Sie«, sagte er zu mir, »daß ist für Sie, den Geschichtsschreiber, noch interessanter als die Karte der Zärtlichkeit. Es ist eine Sammlung von Reliquien. Nicht von Heiligen, sondern von Königen.«

In der Tat, jedes Papier enthielt einen Knochen, Kopf- oder Barthaare. Die ganze Monarchie war beinahe vertreten. Jeder König hatte einen Beitrag geliefert, und aus all den verschiedenen Knochen hätte man ein fast vollständiges Skelett zusammensetzen können. Auch waren in dieser Sammlung ein Zahn Abelards und ein Zahn Heloises, des berühmten Liebespaares, vertreten. Woher aber stammte die Sammlung? Ledru hatte die Ausgrabung der Königsgräber in Saint-Denis geleitet und aus jedem Grab ein Stück, das ihm gefiel, mitgenommen. Ledru ließ mir Zeit, meine Neugier zu befriedigen, dann sagte er: »Wir haben uns jetzt genug mit den Toten beschäftigt, lassen Sie uns nun zu Lebenden übergehen.« Er führte mich an ein Fenster zum Garten.

»Er ist wunderschön«, sagte ich.

»Es ist der Garten eines Pfarrers«, sagte Ledru. »Mit Blumen, Obstbäumen, Weinlauben, Sie werden das alles sehen, beschäftigen wir uns aber vorher ein wenig mit den anderen Gästen, die jetzt darin spazieren gehen.«

»Sagen Sie mir zuerst, was es mit diesem Aliette auf sich hat, ich glaube, er hat wirklich die fünfundsiebzig Jahre auf dem Buckel, die Sie ihm gegeben haben.«

»Ganz recht«, antwortete Ledru, »haben Sie diesen deutschen Dichter E. T. A. Hoffmann gelesen?«

»Ja, warum?«

»Er ist eine Figur Hoffmanns. Sein ganzes Leben hat er versucht, mit Karten und Zahlenmagie die Zukunft zu deuten, und alles, was er besitzt, hat er im Lottospiel verloren. Er behauptet, Cagliostro und den Grafen von Saint Germain gekannt zu haben und von ihnen in das Geheimnis eines lebensverlängernden Elixiers eingeweiht worden zu sein. Wenn sie ihn nach seinem tatsächlichen Alter fragen, sagt er zweihundertfünfundsechzig Jahre. Er behauptet, dreimal gestorben zu sein und jetzt in seinem vierten Leben fünfundzwanzig Jahre alt zu sein. Die Vorleben zählten nur als Erinnerung. Früher hätte man Aliette verbrannt und hätte unrecht gehabt, heute läßt man es dabei, ihn zu bedauern und hat wieder unrecht. Er ist der glücklichste Mensch, er spricht nur von Zaubereien, Karten, den Geheimnissen der Isis und was sonst, und er gibt über diese Sachen kleine Bücher unter dem Pseudonym, oder besser Anagramm, Etteila heraus, die niemand liest. Er schleppt einen Teil immer in seinem Hut herum. Da, sehen Sie, er hält ihn fest unter dem Arm, so sehr fürchtet er um seine Schätze. Und nun betrachten Sie den Mann, die Kleidung und sehen Sie, wie die Natur immer auf ein übereinstimmendes Verhältnis aus ist.«

Ledru hatte recht. Aliette trug einen unansehnlichen, befleckten Rock, der Hut glänzte speckig und bauchte sich zum oberen Rand beträchtlich, das seltsamste aber waren die Schuhe, die der Mode der Zeit zu entsprechen schienen, in der er behauptete, geboren worden zu sein. Er war ein kleiner, dicklicher Mann, mit einem breiten, zahnlosen

Mund, der sich wie eine Furche durch das Gesicht zog. Um den Kopf flatterte wie ein Heiligenschein ein Kranz langer, gelblicher Haare.

»Er unterhält sich mit dem Abbé Moulle«, sagte ich. »Er war ja auch heute bei der Untersuchung dabei, auf die wir bestimmt zurückkommen werden.«

»Und warum sollten wir wieder darauf zurückkommen?« fragte mich Ledru und sah mich neugierig an.

»Ich hatte den Eindruck, Sie glaubten im Gegensatz zu den anderen an diesen sprechenden Kopf.«

»Sie sind ein Gedankenleser. Und wenn Sie solche Geschichten für möglich halten, finden Sie in mir jemanden, der Ihnen darüber mehr sagen kann. Aber reden wir nun über den Abbé.« »Es muß ein angenehmer Mann sein,« sagte ich. »Er hatte so einen sanften Ton in der Stimme, als er mit dem Polizeikommissar sprach.«

»Moulle ist seit vielen Jahrzehnten mein Freund. Er ist jetzt sechzig. Ein Mann von Welt. Er traut die Söhne und Töchter des Hochadels. Er wäre übrigens beinahe Bischof von Clermont geworden, und wissen Sie, warum nicht? Weil er an gute und böse Geister glaubt. Sie werden alles in seiner Bibliothek finden, was darüber geschrieben wurde. Er spricht über dieses Thema kaum, höchstens unter Freunden. Er ist sehr überzeugt von diesen Dingen und dabei doch höchst vorsichtig, auch wenn er alles auf der Welt der Macht der Hölle oder dem Wirken himmlischer Geister zuschreibt. Manchmal verfällt er in eine eigenartige Trance, ihn da zu wecken, schiene mir gefährlich.«

»Und wer ist das?« fragte ich meinen Gastgeber und zeigte auf eine Art wandelndes Gespenst, das zu Moulle und Aliette gestoßen war.

»Das ist auch ein Freund von mir, der Chevalier Lenoir.«

»Der Gründer des Museums des Petit Augustins ...?«

»Genau der. Er stirbt vor Kummer über die Auflösung des Museums, für das ihm in der Revolutionszeit ein paar Mal die Hinrichtung drohte. Eine Sammlung von Statuen, die die Fassaden bedeutender Gebäude schmückten. Was nach der Revolution kam, die Restauration, die hat die Vernichtung der Sammlung geschafft mit der unsinnigen Anordnung, diese Werke den ursprünglichen Besitzern zurückzugeben. Die meisten Gebäude waren gar nicht mehr vorhanden, viele Familien weggestorben.« Ledru sah bekümmert aus.

»Erwarten Sie noch mehr Gäste?« fragte ich.

»Doktor Robert wird sicher noch kommen. Über den brauche ich nichts zu sagen, der spricht für sich. Er hat sein ganzes Leben den menschlichen Körper untersucht, als habe er eine Maschine vor sich, ohne zu verstehen, daß dieser Organismus eine Seele hat, um die Schmerzen zu begreifen. Der glaubt zum Glück nicht an Gespenster. Leute wie ihn hat man nicht zu Gast, weil man sie eingeladen hat, sondern weil sie kommen.«

In diesem Augenblick ging die Tür des Salons auf, und Antoine erschien. »Das Essen ist angerichtet«, meldete sie. Ledru gab die Nachricht in den Garten weiter. Zu mir sagte er: »Im Garten ist noch ein Gast, den Sie nicht gesehen haben, und von dem ich nicht gesprochen habe. Suchen Sie, das geht Sie an; wenn Sie eine ganz durchsichtige, zarte Erscheinung gefunden haben, so versuchen Sie, das Wesen zu überreden, daß es gut sei, ab und an zu essen, und führen es zu uns.«

Ich ging in den Garten und sah mich um. Bald erblickte ich, was ich suchte. Es war eine im Schatten einer Linde sitzende Frau, von der ich weder das Gesicht, noch die Gestalt sah. Das Gesicht war nach der Feldseite gewandt, den Körper verbarg ein großer Schal. Sie war ganz in Schwarz gekleidet. Ich näherte mich ihr vorsichtig. »Madame«, sagte ich leise. Sie zuckte zusammen. Wir schwiegen beide. Es war eine junge Frau, sie war Anfang dreißig und von außerordentlicher Schönheit, wenn sie auch einen sehr angegriffenen Eindruck machte. Ich hatte das Gefühl, es wäre kein lebendes Wesen.

»Madame«, sagte ich, »Herr Ledru meint, wenn ich Ihnen

sage, daß ich der Verfasser der Romane ›Heinrich II.‹ und ›Christine‹ bin, dürfte ich mich als vorgestellt betrachten und Sie an meinem Arm in den Speisesaal geleiten.«

»Verzeihung, mein Herr«, sagte sie, »Sie sind wohl schon einen Augenblick hier, ich fühlte Sie kommen, vermochte mich aber nicht umzuwenden. Solche Starheit überfällt mich mitunter, Sie haben Sie gebrochen.«

Sie stand auf und nahm meinen Arm. Ich fühlte sie kaum. Man hätte sie für einen Schatten halten können. Ohne ein Wort gesprochen zu haben, gelangten wir in den Speisesaal. Zwei Plätze waren noch frei. Einer rechts von Ledru für sie und einer ihr gegenüber für mich.

IV.
Die Ohrfeige der Charlotte Corday

Ledrus Eßtisch hatte die Form eines großen Hufeisens. Zwanzig Personen konnten daran sitzen. Hier aß Ledru, gleichgültig, ob er zwei, vier, zehn oder zwanzig Gäste hatte oder allein war. An diesem Tag waren wir sechs. Es gab jeden Donnerstag dasselbe Essen. Ledru ging davon aus, daß seine Besucher während der Tage zwischen Donnerstag und Donnerstag etwas anderes gegessen haben würden, als es bei ihm gab, Suppe, Rindfleisch, gebratenes Huhn, Hammelbraten, Bohnen und Salat. Ledru saß immer mit dem Rücken zum Garten in einem großen Sessel, der seit zehn Jahren am selben Platze stand. Sein Gärtner brachte ihm zu den Mahlzeiten neben dem Tischwein immer ein paar Flaschen alten Burgunder, den er selbst seinen Gästen einschenkte. Wir aßen mit Behagen, nur die junge Frau so gut wie nichts, auch sprach sie kein Wort. Sie erinnerte mich an den Erdgeist aus Tausendundeiner Nacht, der sich wie die anderen zu Tisch setzte und nur einige Reiskörner mit dem Zahnstocher aß.

Als wir nach dem Essen wieder in den Salon gingen, gab ich ihr wieder meinen Arm. Sie ließ sich auf einem Sofa nieder, mehr liegend als sitzend.

Während des Essens hatten der Polizeikommissar und der Doktor hier draußen im Salon auf uns gewartet. Es ging um die Unterzeichnung des Protokolls. Jacquemin hatte es bereits im Gefängnis unterschrieben. Auf dem Papier war ein kleiner Blutfleck. »Er ist von der Wunde an Jacquemins Daumen«, erklärte der Kommissar. »Das Blut läßt sich nicht stillen.«

»Der Mann beharrt auf seiner Geschichte«, sagte der Doktor.

»Und Sie halten die Sache für unmöglich?« fragte Ledru.

»Unmöglich.«

»Sie glauben nicht, daß der Kopf noch einen Augenblick Leben und Gefühl behalten konnte, das der Gips alle Gefäße verstopfte und das Blut zurückhielt?«

»Nicht, wenn die Wirbelsäule zerstört ist. Da hört jedes Fühlen auf.«

»Und wer hat Ihnen das gesagt?« fragte Ledru.

»Mein Verstand«, sagte der Doktor.

»Hat nicht der Verstand den Richtern des Galilei gesagt, daß die Sonne sich dreht und die Erde stillsteht? Sie glauben also nur, was sie sehen?«

»So ungefähr ist es, verehrter Herr Ledru.«

»Nun denn. Das Gefühl wird durch die Hinrichtung nicht gänzlich ausgeschaltet. Das läßt sich beweisen. Unsere Empfindungen haben mit dem Gehirn zu tun?«

»Natürlich.«

»Und könnten nicht die Reaktionen eine Zeit aufrechterhalten werden, auch wenn die Durchblutung des Gehirns unterbrochen ist?«

»Das ist möglich.«

»Also bricht sein Bewußtsein nicht schlagartig zusammen.«

»Beweise!« sagte der Doktor.

»Nun, Herr Doktor Cousin«, sagte Ledru mit ernstem Gesicht. »Zu mir hat ein solcher abgetrennter Kopf schon gesprochen.«

Seinen Worten folgte atemloses Schweigen. »Zu Ihnen?« fragte allein der Doktor ungläubig.

»Sie sind zu höflich, Doktor, mir zu sagen, daß ich verrückt bin, aber Sie werden es sich denken. Die Sache ist siebenunddreißig Jahre her, ich habe sie noch niemandem erzählt ... Sie wissen, wer ich bin?« sagte Ledru und wandte sich mit diesen Worten an mich.

»Der Bürgermeister von Fontenay-aux-Roses, ein Mann von Bildung und Geschmack ...«

Ledru lächelte. »Ich spreche von meiner Herkunft ...«

»Darüber weiß ich allerdings nicht Bescheid.«

»Ich will Ihnen davon etwas sagen. Es gehört zu der Geschichte, die ich erzählen will.«

Wir warteten gespannt. Der Salon war ein passender Ort für solche Geschichten: groß und dunkel, der hereinbrechende Abend lag im Raum, nur von den Fenstern ging noch ein Streif Helligkeit aus. Die junge Frau schien von der Dunkelheit wie aufgesogen. Ihr schwarzes Kleid hatte sie beinahe unsichtbar werden lassen. Nur ihr Kopf hob sich aus der Dämmerung.

»Ich bin der Sohn des berühmten Comus«, begann Ledru, »des Physikers, der sich als erster öffentlich mit Elektrizität und Phantasmagorie beschäftigte, seine Experimentalveranstaltungen erregten großes Aufsehen am Hof. Die arme Marie-Antoinette, die unter der Guillotine sterben mußte, war ganz vernarrt in ihn. Mein Vater machte meinen Bruder und mich mit seinen galvanischen und physikalischen Kenntnissen früh bekannt und auch mit dem, was er von den geheimen Wissenschaften wußte. Was heute vielen bekannt ist, wußten damals nur ein paar Auserwählte. Der Titel meines Vaters aber als Hofphysiker brachte ihn nach der Revolution 1793 ins Gefängnis, und nur, weil ich gewisse politische Beziehungen hatte, gelang es mir, ihn wieder frei zu bekommen. Mein Vater zog sich darauf in sein Haus zurück, und hier ist er dann auch 1807 gestorben.

Ich war mit einigen der führenden Revolutionäre befreundet, Danton, Camille Desmoulins und auch dem in den Konvent gewählten Marat, der ja nicht nur die Enthauptung des Königs gefordert hatte, sondern auch feste Lebensmittelpreise; aber Marat kannte ich mehr als Arzt denn als Freund. Immerhin veranlaßte mich diese kurze Bekanntschaft, zur Hinrichtung von Carlotte Corday zu gehen, die den von ihr gehaßten Marat erstochen hatte.«

»Ich wollte Ihnen gerade«, unterbrach ich ihn, »in Ihrem Streit mit Doktor Robert mit der seltsamen Tatsache zu Hilfe kommen, die man sich von der Hinrichtung der Corday erzählt.«

»Wir kommen darauf zurück«, meinte Ledru. »Ich war Zeuge, und Sie können mir glauben, was ich erzählen werde. Gegen zwei Uhr nachmittags war ich auf dem Hinrichtungsplatz, es war ein schwüler Julitag mit drückender Hitze, und die dunklen Wolken kündigten ein Gewitter an. Um vier brach es denn auch los, und gerade in dem Augenblick wurde die Corday aus dem Gefängnis geholt und in den Todeskarren gesetzt.

Das Unwetter konnte die auf den Straßen versammelten Menschenmassen nicht zerstreuen. Hysterisches Gebrüll begleitete den Weg der Verurteilten. Das Schreien stürzte wie ein Wasserfall durch die Straße auf mich zu, und dann erschien der Karren, und ich konnte die Verurteilte sehen.

Es war ein schönes Mädchen mit faszinierenden Augen, die Corday war siebenundzwanzig Jahre zu der Zeit. Sie stand ganz gerade mit erhobenem Kopf, aber das war, weil man ihr die Hände auf dem Rücken zusammengebunden hatte und sie gar nicht anders stehen konnte. Das vom Regen nasse Hemd klebte am Körper und zeichnete ihn in aller seiner Schönheit ab. Das rote Scharfrichterhemd gab dem Bild einen seltsamen Glanz.

Als sie auf dem Platz anlangte, hörte der Regen auf, und die Sonne kam etwas durch die Wolken und brachte ihr helles Haar zum Leuchten. Als sie das Schafott dann sah, ging ein Ruck durch ihren Körper, aber sie war sogleich wieder ganz beherrscht. Als der Karren hielt, sprang die Corday, ohne sich helfen zu lassen, herunter und stieg die regennassen Stufen des Schafotts so schnell hinauf, wie es mit dem langen roten Hemd nur möglich war. Als der Scharfrichter sie berührte, um ihr ein um den Hals gebundenes Tuch abzunehmen, zuckte sie noch einmal zusammen, faßte sich aber schnell wieder, ging auf die Guillotine zu und steckte von selbst den Kopf in die Öffnung, so daß man sie nicht auf das Fallbrett binden mußte.

Das Messer fiel, der vom Körper geschnittene Kopf rollte auf das Gerüst und prallte zurück. Jetzt hören Sie genau zu, Herr Doktor, Herr Dichter, in diesem Augenblick griff sich Legros, einer der Scharfrichterknechte, den Kopf und gab ihm der Menge zuliebe noch eine Ohrfeige. Das Gesicht der Corday wurde rot, nicht nur die Wange, die Legros geschlagen hatte, es war Schamröte. Das Volk sah das ganz genau und nahm Partei gegen den Henker. Es verlangte sofortige Rache, und Legros wurde auch gleich ins Gefängnis gebracht.«

»Warten Sie«, sagte Ledru, der sah, daß Doktor Cousin etwas sagen wollte, »warten Sie, es ist noch nicht alles. Ich wollte wissen, warum Legros die Hingerichtete noch geschlagen hatte, und ging zu ihm in das Gefängnis. Das Revolutionstribunal hatte ihn inzwischen zu drei Monaten Haft verurteilt. Er begriff das Urteil nicht. Er sagte, er sei ein Anhänger Marats, und er hätte sie auch noch auf eigene Rechnung bestrafen wollen.

Ich hielt ihm vor, daß er die schuldige Achtung vor dem Tode verletzt habe, und wissen Sie, was ich darauf hörte? ›Ach so‹, sagte Legros, ›Sie glauben also, daß sie tot seien, wenn sie guillotiniert sind? Sie haben eben noch nicht in den Korb geblickt, wo ihre Köpfe nach der Hinrichtung liegen. Da mahlen sie minutenlang noch mit den Zähnen und verdrehen die Augen, und wir müssen alle paar Monate den Korb erneuern, denn der Boden ist durchgebissen. Es sind aristokratische Köpfe, die nicht sterben wollen, und es würde mich nicht wundern, wenn eines Tages einer rufen würde: Es lebe der König!‹

Ich hatte von Legros Phantastisches gehört, und als ich ging, verfolgte mich nur der Gedanke, zu erfahren, ob es das alles auch wirklich gab.«

V.
Solange

Während Ledrus Erzählung war es draußen nun gänzlich dunkel geworden. Die Gäste im Salon glichen Schatten, regungslosen Schatten, denn niemand wollte Ledru im Erzählen stören. Jeder hatte das Gefühl, daß in seiner schrecklichen Geschichte wohl noch eine schlimmere stecke. Allein der Doktor wollte etwas sagen, aber ich zog ihn am Ärmel, und er schwieg. Ledru erzählte nach einer kleinen Pause wirklich weiter.

»Ich hatte das Gefängnis – es war eine alte Abtei – verlassen und ging über die Place Taranne in Richtung meiner Wohnung, als ich plötzlich eine Frau um Hilfe rufen hörte. Ich lief in die Richtung des Schreis und sah im matten Mondlicht eine Frau, umringt von mehreren Sansculotten, gegen die sie sich wehrte. Die Revolutionsanhänger hielten sie fest, aber sie riß sich los und lief auf mich zu und rief: ›Sehen Sie, da kommt gerade der Herr Albert, der kann Ihnen bestätigen, daß ich wirklich die Tochter der Wäscherin Ledieu und niemand anders bin.‹

Bei diesen Worten klammerte sie sich an meinen Arm, wie der Schiffbrüchige an die rettende Planke. An meiner Kleidung hatte sie gesehen, daß ich nicht gerade ein Proletarier war. ›Von mir aus bist du die Tochter der Wäscherin‹, sagte einer der Männer, ›aber du hast keine Bürgerkarte, schönes Kind, und darum geht es jetzt auf die Wache.‹

Ich fühlte, wie die junge Frau meinen Arm drückte, und verstand. Da sie mich beim erstbesten Namen genannt hatte, der ihr eingefallen war, nannte auch ich sie beim erstbesten Namen, der mir einfiel.

›Wie? Sie sind es, meine arme Solange‹, sagte ich zu ihr, ›was haben Sie denn?‹

›Da sehen Sie, meine Herren‹, begann sie wieder.

›Es heißt *Bürger*‹, schallte es aus der Runde.

›Entschuldigen Sie schon, Herr Sergeant‹, antwortete das Mädchen, ›es ist eine Gewohnheit vom Wäscheaustragen. Nur die Vornehmen lassen waschen, und da müssen arme Leute höflich sein. Davon kommt man nicht so leicht los, auch wenn Revolution ist.‹

Sie sprach mit zitternder Stimme, und doch glaubte ich in ihren Worten einen leisen Spott zu hören. Ich fragte mich, wer diese Frau sei, aber das Rätsel war jetzt nicht zu lösen. Auf keinen Fall war das aber die Tochter einer Wäscherin. Sie wandte sich wieder an mich.

›Was passiert ist? Ich bin Wäsche austragen gegangen, Bürger Albert, aber die Dame, wo ich liefern sollte, war nicht da, nur das Mädchen. Ich habe gewartet, daß sie mit dem Geld käme, wir sind arme Leute, doch sie kam nicht, und darüber wurde es dunkel, und nun auf den Heimweg haben mich diese Herren, also diese Bürger, festgehalten, und weil ich meine Legitimation nicht bei mir habe, soll ich mit auf die Wache. Aber jetzt bin ich beruhigt, der Herr Albert ist da und kann bestätigen, daß ich Solange heiße und meine Mutter Wäscherin ist.‹

›Es ist ganz so, wie das Mädchen sagt‹, bestätigte ich. ›Schön‹, sagte der Anführer der Gruppe, ›aber wer bürgt für dich, du feiner Pinkel?‹

›Der Bürger Danton. Genügt der dir? Ist das ein richtiger Revolutionär?‹

›Das kann jeder sagen‹, meinte der Mann.

›Gehen wir doch in den Club der Cordelliers, wo er sich mit seinen Leuten immer versammelt, das ist hier in der Nähe‹, schlug ich vor.

Wir setzten uns in Bewegung. Bald waren wir in dem ehemaligen Franziskanerkloster in der Rue l'Observance, wo Danton sich mit seinen Anhängern zu treffen pflegte. Der Sergeant ging in den Club und kam nach einiger Zeit mit Danton wieder heraus.

›Was‹, sagte er zu mir, ›man will dich festsetzen, dich, einen entschiedenen Anhänger unserer republikanischen Sache? Für den Mann stehe ich ein, Bürger Sergeant. Genügt dir das?‹

›Du bürgst für ihn, aber bürgst du auch für sie?‹ begann der hartnäckige Sergeant wieder.

›Für sie? Von wem sprichst du?‹

›Von dieser Frau‹, sagte er und zeigte auf das Mädchen.

›Für ihn, für sie, für alles, was uns umgibt, bist du zufrieden?‹

›Ja, ich bin zufrieden‹, sagte der Sergeant, ›besonders, weil ich dich gesehen habe.‹

›Dieses Vergnügen kannst du haben, ganz umsonst, betrachte mich, wie es dir gefällt – solange du mich hast!‹

›Es lebe Danton!‹ rief der Sergeant.

›Es lebe Danton!‹ stimmten seine Leute ein.

Die Männer gingen jetzt endlich. Nach ein paar Schritten wandte sich ihr Anführer noch einmal um, warf seine rote Mütze in die Luft und rief wieder: ›Es lebe Danton!‹ Dann verschwand die Gruppe.

Ich wollte Danton danken, aber aus dem Saal wurde unruhig nach ihm gerufen. ›Verzeihung, mein Lieber‹, sagte er, ›du hörst, hier meine Hand, es ist die linke, dem Sergeanten habe ich die rechte gegeben, vielleicht hatte der große Revolutionär die Krätze ...‹

Der Mann, der mit seiner Stimme die Massen aufwühlte

und wieder beruhigte, lief wieder zurück in den Club. Ich blieb mit meiner Unbekannten allein vor der Tür.

›Wohin darf ich Sie jetzt führen, Madame?‹ sagte ich.

›Zur Frau Ledieu‹, antwortete sie lachend, ›Sie wissen ja jetzt, daß sie meine Mutter ist.‹

›Und wo ist das?‹

›Rue Férou 24.‹

Wir gingen durch die Straßen, ohne ein Wort zu sagen. Der Mond schien so hell, daß ich Gelegenheit genug hatte, sie ausgiebig zu betrachten. Es war eine junge Frau von Anfang Zwanzig mit großen blauen Augen, einem feinen Gesicht und gepflegten Händen, eine wirkliche Schönheit. Auch in dem Wäscherinnenkostüm umgab sie ein aristokratischer Zug, der schon nicht zu Unrecht den Verdacht dieses Sergeanten und seiner Männer erweckt hatte. Vor dem Haus der Ledieu angelangt, blieben wir stehen und sahen uns schweigend an.

›Nun, was wollen Sie noch von mir, Herr Albert?‹ sagte meine Unbekannte lächelnd.

›Ich wollte Ihnen sagen, Demoiselle Solange, unsere Begegnung lohnte nicht, wenn wir so schnell wieder auseinandergehen.‹

›Ganz im Gegenteil, wären Sie nicht gewesen, hätte man mir nicht geglaubt, daß ich die Tochter der Wäscherin Ledieu bin, und entdeckt, daß ich zum Adel gehöre, und wahrscheinlich würde mir dann bald der Hals abgeschnitten.‹

›Sie sind eine Adlige?‹

›Ich sage gar nichts.‹

›Aber Ihren Namen sagen Sie mir.‹

›Solange.‹

›Das ist doch ein Zufallsname.‹

›Aber er gefällt mir, und ich behalte ihn … wenigstens für Sie.‹

›Wozu für mich, wenn ich Sie nicht wiedersehen darf?‹

›Sage ich das? Um uns wiederzusehen, brauchen Sie doch nicht meinen wirklichen Namen, wie ich ihren, Herr Albert.‹

›Aber sagen Sie mir eines, Sie verstecken sich vor den Verhaftungen der Aristokraten?‹

›Ja, bei der Madame Ledieu. Ihr Mann war der Kutscher meines Vaters.‹

Das Geheimnis des schönen Mädchens hatte mich gepackt. Ich hörte nicht auf zu fragen. Ich erkundigte mich nach ihrem Vater, aber Solange wies mich mit einem feinen Lächeln zurecht.

›Meine Geheimnisse sind meine Geheimnisse, die meines Vaters gehören ihm. Auch er versteckt sich, bis er eine Möglichkeit findet, aus Frankreich zu fliehen.‹

›Und was werden Sie tun?‹

›Mit ihm gehen, wenn es möglich ist. Kommt er nur allein fort, versuche ich, ihm allein zu folgen.‹

›Ich nehme an, Sie waren heute Abend bei ihm, das ist ungeheuer gefährlich, Sie haben es gesehen, ich werde versuchen, Ihnen zu helfen.‹

›Und wie?‹

›Ich habe Freunde unter den Männern, die die Macht haben.‹

Solange lächelte: ›Sie wollen Dantons Einfluß nutzen, um meinen Vater aus Frankreich zu bringen?‹

›Für Ihren Vater habe ich ein anderes Mittel. Ich denke bei Danton an Sie.‹

›Ich werde Ihnen mein ganzes Leben dankbar sein, wenn Sie meinen Vater retten, aber wird Ihnen das genügen?‹

›Ja. Und trotzdem würde ich Sie gern wiedersehen. Wann, bitte?‹

Ich wartete mit einiger Unruhe auf die Antwort Solanges, aber sie antwortete rasch.

›Gut, also morgen.‹

›Hier auf der Straße? Warum darf ich nicht in das Haus kommen, warum besuchen Sie mich nicht?‹

›Im Fall meiner Verhaftung würde das tödliche Schwierigkeiten für alle Beteiligten ergeben. Nein, hier auf der Straße ist es am unverfänglichsten.‹

›Ich könnte Ihnen die Identitätskarte einer Verwandten von mir geben.‹

›Damit die dann guillotiniert wird, wenn ich mit dem falschen Ausweis erwischt werde. Das geht nicht.‹

›Sie haben recht, ich werde Ihnen eine Ausweiskarte mit dem Namen Solange bringen.‹

›Ausgezeichnet. Sie werden sehen, daß Solange am Ende mein einziger und wahrer Name ist.‹

Wir verabredeten uns für den nächsten Abend. Ich sollte fünf Minuten vor zehn an der Tür sein, sie würde Punkt zehn herunterkommen. Ich wollte ihr beim Abschied die Hand küssen, sie bot mir die Stirn.

Am anderen Abend war ich um halb zehn in der Straße. Sie kam fünfzehn Minuten vor der verabredeten Zeit aus dem Haus. Ich wollte ihr die Karte zustecken, aber sie wies meine Hand zurück. ›Was ist mit meinen Vater?‹ fragte sie.

›Er ist gerettet, wenn er will‹, sagte ich. ›Nur werden Sie nicht gemeinsam aus Frankreich gehen können. Ihren Paß bekomme ich später.‹

›Sprechen Sie zuerst von meinem Vater und dann erst von mir.‹

Ich entwickelte ihr den Rettungsplan. Er hatte viele Namen und Stationen. Einer meiner Freunde war der General Marceau, der ein Oberkommando in Westfrankreich übernommen hatte. Bei seiner Abreise am nächsten Tag sollte Solanges Vater ihn als Sekretär in die Vendée mit dem Versprechen begleiten, nicht gegen Frankreich zu kämpfen. Von dort war der Weg in die Bretagne und von dort nach England frei. In London angekommen, müßte er sich dann bei seiner Tochter melden, natürlich unter Beachtung aller Vorsichtsmaßregeln. Ich würde dann für Solange einen Paß haben, und sie könne ihm folgen.

›Morgen!‹, rief Solange, ›aber mein Vater weiß doch noch gar nichts.‹

›Benachrichtigen Sie ihn.‹

›Zu dieser Stunde?‹

›Sie haben die Identitätskarte.‹ Ich gab sie ihr, und wir brachen auf. Wir kamen zur Place Taranne, wo wir uns gestern getroffen hatten. Sie verschwand an der Ecke des ehemaligen Hotels Matignon und kam nach einer Viertelstunde wieder.

›Kommen Sie‹, sagte sie, ›mein Vater will Sie sehen und Ihnen danken.‹

Sie führte mich in die Rue Saint Guillaume und schloß dort bei einem der Häuser eine kleine Tür auf. Im zweiten Stock klopfte sie an. Ein Mann, er mochte um die Fünfzig sein, öffnete die Tür. Er war wie ein Arbeiter gekleidet. Aber schon mit den ersten Worten verriet er sich.

›Mein Herr‹, sagte er, ›die Vorsehung hat uns Sie geschickt. Ist es denn wirklich wahr, daß Sie mich retten wollen?‹

Ich erzählte ihm noch einmal den ganzen Plan und nahm ihm das Versprechen ab, nach seiner Flucht keine Waffen gegen Frankreich zu tragen. Wir besprachen, daß er heute Abend noch zu Marceau müßte, um morgen die Reise antreten zu können.

›Gut‹, sagte er, ›aber wenn man mich anhält, ich habe keine Bürgerkarte?‹

›Hier ist meine.‹

›Und Sie?‹

›Mich kennt man.‹

Ich wies ihm den Weg zu Marceau, und wir verabredeten, daß ich seine Tochter zu der Ledieu bringen würde, sobald er die Wohnung des Generals erreicht hätte.

›Und wie wird Marceau wissen, daß ich der Mann bin, den Sie ihm schicken wollen?‹ fragte er.

›Sie werden ihm diese Kokarde in den Farben der Republik geben, sie ist das Erkennungszeichen.‹

›Was kann ich für meinen Retter tun?‹

›Sie werden mich mit der Rettung Ihrer Tochter beauftragen, wie sie mich mit Ihrer beauftragt hat.‹

›Gehen wir.‹

Er setzte seinen Hut auf und löschte die Lampe. Der Mond erhellte unsern Weg durch das Haus, draußen auf der Straße nahm er den Arm seiner Tochter und machte sich auf den Weg. Ich folgte den beiden in einigem Abstand. Wir kamen an das Haus Marceaus, ohne jemandem begegnet zu sein. Ich sah mich um und trat zu dem Paar.

›Nehmen wir den ungestörten Weg als ein gutes Omen‹, sagte ich. ›Soll ich warten oder mit Ihnen hinaufgehen?‹

›Nein, bringen Sie sich nicht weiter in Gefahr. Erwarten Sie meine Tochter hier. Ich hoffe, daß Gott es mir eines Tages möglich machen wird, Ihnen meine ganze Dankbarkeit zu zeigen.‹

Ich antwortete ihm mit einem Händedruck, dann ging er in das Haus. Solange folgte ihrem Vater. Es waren etwa zehn Minuten vergangen.

›Ihr Freund ist Ihnen in seiner Großherzigkeit ganz ähnlich. Er hat mir angeboten, bis zur Abreise bei meinem Vater zu bleiben. Seine Schwester bereitet mir ein Bett in ihrem Zimmer. Morgen nachmittag um drei wird mein Vater außer Gefahr sein. Ich würde mich dann gern bei Ihnen bedanken. Wenn es Ihnen der Mühe wert ist, so kommen Sie doch morgen abend um zehn in die Rue Férou.‹

›Ich komme gern. Hat Ihnen Ihr Vater noch etwas für mich gesagt?‹

›Er dankt Ihnen für die Karte‹, sagte Solange und gab mir das lebensrettende Papier zurück, ›und er bittet Sie, alles, was immer nur möglich ist, zu tun, damit ich ihm bald folgen kann.‹

›Das wird geschehen, sobald Sie es wünschen‹, antwortete ich schweren Herzens.

›Ich muß wenigstens wissen, wo ich meinen Vater finde‹, sagte sie und fügte lächelnd hinzu: ›Sie sind mich aber noch nicht los.‹

Ich griff nach ihrer Hand, und dann umarmte ich das Mädchen. Auf dem Heimweg war ich froh wie selten in meinem Leben. War es das Gefühl der guten Tat oder einfach Liebe? In der Nacht wußte ich nicht, ob ich schlief oder wachte, alle Akkorde des Lebens klangen in mir, und die Zeit bis zum Wiedersehen mit Solange wurde mir endlos. Am Abend war ich schon um neun in der Rue Féron. Um halb zehn kam Solange. Sie trat auf mich zu und faßte mich um.

›Gerettet‹, sagte sie, ›mein Vater ist gerettet, und Sie sind es, dem ich seine Rettung verdanke. O, ich liebe Sie.‹

Vierzehn Tage später meldete sich ihr Vater mit einem Brief aus London. Am nächsten Tag brachte ich ihr den Paß. Solange begann zu weinen. ›Sie lieben mich also nicht?‹ sagte sie.

›Ich liebe dich mehr als mein Leben, aber ich habe deinem Vater mein Wort gegeben.‹

›Dann‹, sagte sie, ›werde ich mein Wort brechen. Wenn du den Mut hast, Albert, mich reisen zu lassen, so habe ich nicht den Mut, dich zu verlassen.‹«

VI.
Albert

Ledru unterbrach seine Erzählung, und wieder war das Schweigen von vorhin im Raum. Wir fühlten, daß die Geschichte vor ihrem Ende stand und Ledru vielleicht nicht die Kraft hatte, diesen Schluß zu erzählen. Aber es war nur eine Pause, und Ledru nahm wieder den Faden auf.

»Drei Monate waren seit diesem Abend vergangen, und wir hatten kein Wort von Trennung mehr gesprochen. Solange hatte sich eine Wohnung in der Rue Taranne gewünscht, und ich hatte ihr unter diesem Namen eine Wohnung dort gemietet. Ich kannte sie unter keinem anderen Namen, wie sie mich nur Albert nannte. Ich hatte ihr eine Anstellung als Lehrerin in einem Mädchenpensionat beschafft und hoffte, sie den Nachforschungen der revolutionären Sicherheitsorgane so entziehen zu können. Sonntags und donnerstags trafen wir uns in der kleinen Wohnung, wo wir vom Schlafzimmerfenster aus den Platz sehen konnten, auf dem wir uns zum erstenmal begegnet waren. Alle anderen Tage schickten wir uns Briefe. Diese drei Monate waren die glücklichsten meines Lebens.

Die dunklen Gedanken, die mich nach der Hinrichtung der Corday bewegt hatten, waren mir allerdings nicht verlorengegangen. Ich hatte die Erlaubnis bekommen, Versuche über die Fortdauer des Lebens nach der Hinrichtung zu machen und war zu dem Ergebnis gelangt, daß das Schmerzempfinden die Hinrichtung überlebt und die Opfer Grauenhaftes durchmachten.«

»Ich widerspreche!« rief der Doktor impulsiv.

»Sie werden doch nicht leugnen«, sagte Ledru, »daß das Beil am Hals eine Stelle trifft, wo sich die Nerven der oberen und unteren Glieder konzentrieren, und daß der Bruch der Wirbelsäule einer der gräßlichsten Schmerzen ist, die ein Mensch empfinden kann?«

»Sicher«, sagte der Doktor, »aber dieser Schmerz dauert nur Sekunden.«

»Und wenn«, rief Ledru, »doch in dieser Zeit existiert da noch ein Mensch und erlebt, was ihm geschieht. Und die kurze Zeit reicht für die Erfahrung eines ungeheuerlichen Grauens.«

»Nach Ihrer Meinung wäre es also besser gewesen, es weiter beim Galgen zu lassen und nicht an seiner Stelle die Guillotine eingeführt zu haben?«

»Es gibt ja nicht wenige, die gehängt wurden und wieder zurück ins Leben kehrten. Die haben uns geschildert, was sie empfunden haben. Es war wie ein tiefer Schlaf, ohne besonderen Schmerz, ohne Angst, da war etwas wie eine Flamme, die blau wird, bevor sie erlischt und dann eine Dunkelheit, wie bei einer Ohnmacht.«

»Gut«, sagte der Doktor, »halten wir uns damit nicht auf.

Ich möchte endlich wissen, was es mit diesem merkwürdigen Kopf auf sich hat, der gesprochen haben soll.«

Ledru holte tief Luft, und ich hörte ihn seufzen. Sein Gesichtsausdruck war in der Dunkelheit nicht zu erkennen. »Ja«, sagte er, »ich komme wirklich von meiner Geschichte ab. Also zurück zu den Versuchen. Leider gab es überreichlich Material.

Es war die Zeit, als die Zahl der Hinrichtungen auf ihrem schrecklichen Höhepunkt war. Man köpfte täglich dreißig bis vierzig Menschen, und es floß eine solche Menge Blut auf dem Revolutionsplatz, daß man einen drei Fuß tiefen Graben um die Guillotine ziehen mußte.

Es versteht sich von selbst, daß ich Solange nichts davon sagte, womit ich mich in der Zeit beschäftigte, wenn wir nicht zusammen waren. Der Gedanke übrigens, ich würde mit meinen Versuchen den armen Menschen, die da zerstückelt vor mir lagen, nach ihrer Hinrichtung noch weitere Schmerzen bereiten, ließ mich die ganze Zeit nicht los, doch sagte ich mir, daß mein Ziel ja war, den Schrecken der Todesstrafe abzuschaffen. Beendete die Hinrichtung nicht das Leben, wie ich nach meinen Experimenten vermutete, konnte das Gesetz eine solche Strafe nicht mehr legitimieren. Nach zwei Monaten war ich an das Ende meiner Untersuchungen gelangt, nur ein paar galvanische Experimente sollten noch stattfinden. Auf dem Friedhof von Clamart war eine kleine Kapelle in ein Laboratorium für mich umgewandelt worden. Die Könige hatte man aus den Palästen gejagt und Gott aus seinen Kirchen. In der Kapelle stand meine Elektrisiermaschine mit drei Batterien.

Gegen fünf Uhr kam immer der Totenkarren. Die Körper lagen wirr durcheinander und ebenso in einem Sack die Köpfe. Ich nahm, wie es kam, zwei Körper und zwei Köpfe. Die übrigen Leichen wurden in ein Massengrab geworfen. Am nächsten Tag wurden die Toten, an denen ich experimentiert hatte, mit den neuen Opfern begraben. Mein Bruder half mir fast regelmäßig bei meinen Untersuchungen.

Im Schatten dieses Umgangs mit dem Tod wuchs meine Liebe zu Solange mit jedem Tag. Auch sie liebte mich mit der ganzen Kraft ihres Herzens. Ich hatte oft daran gedacht, Solange zu heiraten, und sie wollte es auch, doch wenn Solange meine Frau werden wollte, mußte sie ihren wahren Namen preisgeben, und das war ein geächteter Name. Der Tod wäre die Folge gewesen.

Ihr Vater hatte ihr mehrmals geschrieben, sie möchte doch ihr Weggehen aus Frankreich beschleunigen, doch sie hatte ihm von unserer Liebe geschrieben und ihn gebeten, unserer Verheiratung zuzustimmen, wenn sie denn möglich würde. Ihr Vater gab uns seinen Segen.

Jeder Tag brachte neue schreckliche Prozesse und Hinrichtungen, aber einer riß uns aus diesem Alltag unseres Lebens besonders heraus, es war der Prozeß gegen die Königin Marie-Antoinette. Am 14. Oktober war sie vor das Revolutionstribunal gebracht worden, am 16. Oktober erging das Urteil um vier Uhr morgens, und um elf mußte sie unter die Guillotine. Am Morgen hatte ich einen Brief von Solange bekommen, daß sie an diesem Tag nicht allein sein könne. Gegen zwei Uhr kam ich in unsere kleine Wohnung in der Rue Taranne und traf Solange in Tränen. Auch ich war tief bewegt, hatte ich doch die Königin in meiner Jugend selbst kennengelernt und erinnerte mich ihrer Freundlichkeit mir gegenüber.

Ich empfand eine seltsame Melancholie und hatte das Gefühl eines auf mich selbst zukommenden Unglücks. Ich wollte Solange trösten, aber ich konnte es nicht, weil ich wie leer war. Wir brachten die Nacht wie gewöhnlich miteinander zu, aber die Nacht war noch trauriger als der Tag. Ich habe die seltsame Erinnerung, daß ein Hund in der Wohnung über uns bis zwei Uhr nachts jämmerlich heulte. Doch der Fall klärte sich am anderen Morgen, als ich mich nach dem Tier erkundigte. Sein Herr war ausgegangen und hatte den Schlüssel mitgenommen. Auf der Straße war er verhaftet und vor das Revolutionstribunal gebracht worden. Eine Stunde nach dem Urteil war er hingerichtet worden.

Wir mußten uns trennen, Solanges Unterricht begann um neun Uhr. Das Pensionat, in das sie gehen mußte, war in der Nähe des Jardin des Plantes. Ich zögerte lange, sie gehen zu lassen. Aber wenn sie fortblieb, mußte sie eine Aufmerksamkeit auf sich ziehen, die gefährlich sein konnte.

Ich ließ einen Wagen kommen und begleitete sie bis an die Ecke der Rue des Fossés-Saint-Bernard, dort stieg ich aus, und sie fuhr weiter. Während der Fahrt hatten wir uns, ohne ein Wort zu sagen, umarmt gehalten. Ich zögerte, in meine Wohnung zu gehen, und sah dem Wagen nach, der nach kurzer Zeit schon wieder hielt. Solange sah aus dem Wagenfenster, als hätte sie erraten, daß ich da noch stünde, und ich lief zu ihr und stieg in den Fiaker. Wieder hielten wir uns stumm in den Armen, bis es neun von einem nahen Kirchturm schlug und wir uns endgültig trennen mußten. Ich sprang aus dem Wagen und eilte davon.

Mir war, als riefe Solange mir etwas hinterher, doch hatte ich die unselige Vernunft, mich nicht mehr umzuwenden. Tief verzweifelt betrat ich meine Wohnung und verbrachte den Tag damit, Solange einen Brief zu schreiben, der ein kleines Buch wurde. Ich hatte eben meinen Brief aufgegeben, als mir einer von ihr gebracht wurde. Sie hatte in dem Pensionat Ärger bekommen, und man hatte ihr gedroht, ihr den nächsten Ausgang zu streichen, der auf den kommenden Sonntag fiel. Solange schwor mir, sie würde auf jeden Fall kommen, auch um den Preis, sich mit der Direktorin des Pensionats endgültig zu überwerfen.

Ich hatte einen ähnlichen Entschluß gefaßt. Sie nicht zu sehen, war mir ganz unvorstellbar, und ich ließ sie wissen, es würde mich wahnsinnig machen, wenn sie am Sonntag nicht käme. Auch quälte mich eine große Unruhe, da wir vermuteten, ein an sie gerichteter Brief ihres Vaters sei unerlaubt geöffnet worden.

Ich verbrachte eine schlimme Nacht, und der Tag war

nicht anders. Am Vormittag schrieb ich wie gewöhnlich an Solange, und da es der Tag meiner Versuche war, ging ich am Nachmittag zu meinem Bruder, um ihn mit nach Clamart zu nehmen. Da er nicht da war, machte ich mich allein auf den Weg.

Es war ein gräßliches Wetter, ein kalter Regen strömte ohne Unterbrechung vom Himmel. Unterwegs hörte ich die tägliche Bekanntmachung der Verurteilten ausrufen. Es war eine blutige Ernte, und der Tod sorgte reichlich für den Friedhof von Clamart. Als ich dort gegen vier ankam, war es schon fast dunkel. Die Tage waren kurz. Der Friedhof bot mit seinen übergroßen Gräbern und den kahlen Bäumen, deren Äste wie Skelette im Wind klapperten, einen düsteren Anblick. Eine große Grube stand offen und wartete auf die Opfer des Tages. Ich fühlte den Zwang, in dieses Loch hineinzublicken.

Auf seinem Grund hatte sich Wasser gesammelt. In diesen Schlamm würden die Leichen geworfen werden. Ich war ganz nahe an den Rand getreten, und plötzlich gab der Boden unter mir nach. Nur einer schnellen, rettenden Bewegung verdankte ich es, daß ich nicht in diese Tiefe fiel. Durchnäßt und fieberschauernd ging ich in mein Laboratorium. Meine Augen irrten an den Wänden der ehemaligen Kapelle entlang. Irgend etwas suchte ich. Ich glaube, es war die Stelle, wo sich der Altar befunden haben mußte. Doch an dem Platz, wo sich früher der Altarschrein mit der geweihten Hostie befunden hatte, die das Leben versprach, lag der Tod: ein haarloser Schädel.

Ich zündete mir ein Licht an und stellte es auf den Tisch, der meinen Experimenten diente. Der Regen draußen war noch stärker geworden, und der Wind pfiff durch die Bäume. Ein Donner kam näher, doch er kam nicht aus den jagenden Wolken. Die eisenbeschlagenen Räder des roten Totenkarrens erzeugten ihn, der, vom Revolutionsplatz kommend, den Friedhof erreichte. Die Tür öffnete sich, und zwei von Regen triefende Männer traten mit einem Sack in die Kapelle.

›Hier, Bürger Ledru‹, sagte der Gehilfe des Scharfrichters zu mir, ›hier ist die Lieferung. Sie brauchen sich damit nicht zu beeilen. Wir wollen sie erst morgen begraben. Sie werden sich ja über Nacht keinen Schnupfen holen.‹

Sie gingen und ließen dabei die Tür offen. Der Wind bewegte sie kreischend in den Angeln und löschte fast mein Licht aus. Am liebsten wäre ich wie sie einfach fortgegangen. Angst war es nicht. Zu oft war ich hier bei den Toten gewesen. Vielleicht das Ächzen und Jammern der Bäume, das Stöhnen des Windes, all diese Laute, die sich wie eine schreckliche Totenklage anhörten. Plötzlich hatte ich das Gefühl, als riefe eine sanfte und zugleich klagende Stimme aus dem Innern der Kapelle ›Albert, Albert‹.

Ich fuhr zusammen. Albert. Nur ein Mensch auf der Welt nannte mich so.

Mein Blick ging durch die Kapelle. Das Licht meiner Kerze drang nicht weit. Doch war der blutige Sack zu erkennen, der in der Altargegend stand und seinen Inhalt nur zu deutlich mir verriet. In diesem Moment war wieder die Stimme zu vernehmen, doch schwächer und klagender als eben: ›Albert‹. Ich wußte nicht, ob ich wachte oder einen Alptraum hatte und ging, völlig starr am Körper, mit ausgestreckten Armen auf den Sack zu, öffnete ihn und griff hinein. In diesem Augenblick spürte ich etwas wie den Kuß eines warmen Mundes auf meiner Hand. Ich griff den Kopf, von dem die Berührung gekommen sein mußte, und ging zu meinem Tisch, um ihn im Lichtschein der Kerze zu betrachten. Die Neugier des Forschers begann meine Angst zu besiegen.

Kaum an dem Tisch angelangt, brüllte ich wie ein Tier auf. Ich hielt den Kopf Solanges in der Hand.

›Solange, Solange, Solange‹, schrie ich, und beim drittenmal öffneten sich die Augen, blickten mich für eine Sekunde an, füllten sich mit Tränen, um sich dann für immer und ewig zu schließen.

Ich hatte nur einen Gedanken, fort, fort, davonstürmend

warf ich den Tisch um, das Licht erlosch, der Kopf fiel zu Boden und ich mit ihm. Dort unten auf der Erde berührte mich der Kopf ein zweites Mal, und mich verließ das Bewußtsein. Die Totengräber fanden mich am anderen Morgen auf den Steinplatten der Kapelle liegend. Mein Körper war ebenso kalt wie der Stein.

Solanges wahre Identität war durch den Brief ihres Vaters erkannt worden. Solange war verhaftet und am gleichen Tage verurteilt und hingerichtet worden.

Sie wissen, Lenoir«, beendete Ledru seine Erzählung, indem er sich an den Chevalier wandte, »daß ich damals um ein Haar gestorben wäre.«

VII.
Die Katze, der Gerichtsdiener und das Skelett

Ledrus Erzählung hatte uns alle tief erschüttert, auch Doktor Robert war davon erfaßt. Der Chevalier Lenoir bestätigte Ledrus letzte Worte mit einem einfachen Kopfnicken. Die bleiche Dame hatte sich einen Moment auf dem Sofa aufgerichtet und war wieder zusammengesunken. Der Polizeikommissar schwieg. Das war wohl kein Stoff für ein Protokoll. Ich versuchte, die ganze Geschichte, so tief es nur ging, in meine Erinnerung einzugraben, um sie dort wiederfinden zu können. Der Abbé Moulle brach das Schweigen und sagte: »Ich glaube, was Sie uns erzählt haben, mein armer Ledru, aber wie erklären Sie sich das alles?«

»Ich erkläre mir nichts«, sagte Ledru, »ich erzähle nur, was ich erlebt habe.«

»Aber irgend etwas müssen sie doch zu dem Fall sagen«, meinte der Doktor, »denn wenn sie schon davon ausgehen, daß das Leben nach dem Tode noch nicht unmittelbar beendet ist, so werden Sie doch nicht annehmen, daß ein vom

Rumpf getrennter Kopf noch Stunden danach sieht, spricht, handelt.«

»Wenn ich es mir hätte erklären können, Doktor, wäre ich nicht in diese furchtbare Krankheit gefallen«, sagte Ledru.

»Und Sie, Doktor«, sagte der Chevalier Lenoir, »wie erklären Sie sich denn diesen Fall? Sie nehmen doch nicht an, daß der Herr Ledru diese Geschichte erfunden hat?«

»Nein, daß nicht. Er muß das Opfer einer Sinnestäuschung geworden sein. Die Hinrichtung der Königin, die Furcht um das Mädchen, der ständige Umgang mit den Opfern der Guillotine und dann der Aufruhr der Natur, das hat sein Nervensystem zusammenbrechen lassen. Was ein Wahnsinniger erlebt, hat seine eigene Realität. Das ist ja das Schreckliche. Ledru hat diesen Zustand glücklicherweise überwunden, nur der Sinneseindruck ist geblieben.«

»Haben Sie selbst solche Krankheiten schon behandelt?« fragte Lenoir.

»Nein, aber ich habe Ärzte gekannt, die sie behandelt haben. Beispielsweise einen englischen Arzt, der den Schriftsteller Walter Scott auf seiner Reise nach Frankreich begleitete. Er hat mir eine ähnliche Geschichte wie unser Gastgeber erzählt, sie ist vielleicht noch ungewöhnlicher.«

»Und können Sie uns den Fall erzählen?«

»Natürlich.« Doktor Robert begann mit einer weitausholenden Geste. »Der Arzt, der Walter Scott nach Frankreich begleitete, hieß Doktor Sympson. Er war einer der besten Ärzte von Edinburgh und mit den angesehensten Persönlichkeiten der Stadt bekannt. Darunter war auch ein Richter, dessen Namen er mir nicht genannt hat. Der Name war das einzige, das er mir in der Angelegenheit verschwieg.

Dieser Richter, dessen Arzt er war, verfiel plötzlich scheinbar ohne Grund in tiefe Depressionen. Die Familie des Richters konsultierte deshalb Doktor Sympson, konnte ihm aber mögliche Ursachen ebensowenig sagen wie die Freunde des Richters. Doktor Sympson mußte davon ausgehen, daß nur sein Patient ihm die nötige Auskunft geben könnte, aber der schwieg lange, bis er eines Tages Sympsons Hände ergriff und sagte: ›Ja, ich bin krank, und meine Krankheit, Doktor, ist unheilbar, da sie nur in meiner Einbildung besteht.‹

›Wie? In Ihrer Einbildung?‹

›Ja, ich werde wahnsinnig.‹

›Sie werden wahnsinnig. Ich bitte Sie, Sie haben einen klaren Blick, eine ruhige Stimme, einen regelmäßigen Puls.‹

›Diese scheinbare Normalität ist ja gerade das Gefährliche.‹

›Aber worin besteht denn Ihr Wahnsinn?‹

›Schließen Sie die Tür, damit niemand uns hört, ich will es Ihnen sagen.‹

Der Doktor verschloß die Tür und setzte sich neben seinen Freund.

›Erinnern Sie sich an meinen letzten Strafprozeß und das Urteil, das ich über diesen Schotten aussprechen mußte?‹

›Ja, der Räuber, der am Galgen endete.‹

›So ist es. Nur, in dem Augenblick, als ich das Urteil sprach, lohte in seinen Augen eine Flamme, und er drohte mir mit der Faust. Ich achtete nicht darauf ... Solche Drohungen von Verurteilten sind häufig.

Am Tag nach der Hinrichtung kam der Scharfrichter zu mir und sagte, da wäre etwas, von dem er das Gefühl habe, es mir sagen zu sollen. Der Mann wäre gestorben, indem er eine Art Beschwörung gegen mich aussprach. Am Tag nach der Hinrichtung, also heute, in der sechsten Stunde, in der er aufgehängt wurde, würde ich mehr Nachrichten von ihm erhalten.

Ich dachte an einen Überfall seiner Kumpane, und als die sechste Stunde kam, schloß ich mich mit ein paar Pistolen auf dem Schreibtisch in meinem Zimmer ein.

Es schlug sechs auf meiner Kaminuhr. Ich hatte den ganzen Tag an die Botschaft des Scharfrichters gedacht. Als der letzte Schlag verklungen war, hörte ich etwas wie ein

Schnurren, dessen Ursache ich mir nicht erklären konnte. Ich sah mich um und sah eine große schwarz- und feuerrotgefleckte Katze. Ich konnte mir nicht erklären, wie sie in das Zimmer gekommen war. Alle Türen und Fenster waren verschlossen. Sie mußte während des Tages in das Zimmer geschlüpft sein.

Ich läutete nach meinem Diener, aber er konnte nicht eintreten, da ich von innen zugeschlossen hatte. Ich ging an die Tür, öffnete und erzählte ihm von der Katze, die wir vergebens suchten. Sie war verschwunden.

Ich kümmerte mich nicht weiter darum. Der Abend verfloß, die Nacht brach an, der Tag kam und ging, und dann schlug es wieder sechs. In diesem Augenblick hörte ich wieder das Geräusch hinter mir und sah die Katze. Diesmal sprang sie auf meinen Schoß.

Ich habe nichts gegen Katzen, aber diese Vertraulichkeit war mir unangenehm. Ich jagte sie von meinem Schoß. Aber kaum war sie auf dem Boden, sprang sie sogleich wieder zurück. Ich stieß sie zurück, aber wieder so vergebens wie das erstemal. Ich stand jetzt auf und ging im Zimmer auf und ab. Die Katze folgte mir auf Schritt und Tritt. Wütend darüber läutete ich meinen Diener, damit er sie raustreibe, aber die Katze verkroch sich unter das Bett, wo wir sie vergeblich suchten. Sie war verschwunden.

An diesem Abend besuchte ich ein paar Freunde von mir. Da ich kein Licht hatte, ging ich bei der Heimkehr vorsichtig die Treppe hinauf, um nicht nicht zu stoßen. Als ich auf der obersten Stufe stand, hörte ich, daß sich mein Diener mit dem Mädchen meiner Frau unterhielt, und da ich meinen Namen hörte, begann ich zu horchen. Der Diener erzählte die Abenteuer von gestern und heute und fügte am Ende hinzu, der Herr müsse wahnsinnig geworden sein, denn es befand sich in dem Zimmer ebensowenig eine Katze wie eben jetzt hier. Mich erschreckten die Worte. Entweder war die Sache tatsächlich oder falsch. War da wirklich eine Katze, mußte irgend etwas Übernatürliches vor sich gegangen sein. Wenn ich aber etwas sah, das es gar nicht gab, wie mein Diener gesagt hatte, dann wurde ich wahnsinnig.

Sie werden sich denken können, mit welcher Ungeduld und Furcht ich die ominöse Stunde erwartete. Unter einem Vorwand behielt ich meinen Diener bei mir. Beim Glockenschlag sechs hörte ich das bekannte Geräusch und sah die Katze. Sie saß neben mir.

Ich blieb, ohne etwas zu sagen, einen Augenblick ruhig. Ich dachte, wenn der Diener das Tier sah, würde er etwas dazu sagen. Doch er ging in dem Zimmer auf und ab und sah das Tier offensichtlich nicht. Ich gab ihm einen Auftrag, bei dem er mit der Katze zusammenstoßen mußte.

›Bitte stellen Sie die Glocke auf den Tisch, John‹, sagte ich.

Er stand am Kopfende meines Bettes. Die Glocke war auf dem Kamin. Wenn er von hier nach dort ging, mußte er eigentlich über das Tier stolpern. Als er seinen Weg antrat, sprang die Katze mir auf den Schoß. John sah sie nicht oder wollte sie nicht sehen. Kalter Schweiß trat mir auf die Stirn und die Worte ›der Herr muß wahnsinnig geworden sein‹ fielen mir ein.

›John‹, sagte ich zu ihm, ›sehen Sie denn nichts auf meinem Schoß?‹

John blickte mich an. Dann sagte er wie ein Mensch, der einen Entschluß faßt: ›Doch Herr, ich sehe eine Katze.‹ Ich atmete auf, dann nahm ich die Katze und sagte zu ihm: ›Bitte tragen Sie das Tier hinaus.‹

Er streckte mir die Hände entgegen, in die ich das Tier legte. Auf einen Wink von mir verließ er das Zimmer.

Ich war einigermaßen beruhigt, und doch sah ich mich noch einige Zeit mit einem Rest Angst im Zimmer um. Da ich aber kein lebendes Wesen von irgendeiner Tierart sah, ging ich hinaus, um zu sehen, was John mit der Katze gemacht hatte. An der Salontür hörte ich ein lautes Gelächter aus dem Zimmer meiner Frau. Ich schlich an die Tür, um zu lauschen. John sprach mit dem Zimmermädchen, und wieder war die Rede davon, daß ich nun wirklich wahnsinnig geworden sei und ihn gefragt habe, ob er eine schwarzrotgefleckte Katze auf meinem Schoß sehen würde.

›Und was hast Du geantwortet?‹ sagte das Mädchen.

›Bei Gott‹, sagte mein Diener, ›ich habe ihm den Gefallen getan, und nun rate, was dann geschah.‹

›Wie soll ich das tun?‹

›Er hat diese verdammte Katze von seinem Schoß genommen, sie mir auf die Arme gelegt und mir gesagt, trage Sie fort, trage Sie fort. Ich habe es getan, und er war zufrieden.‹

›Aber wenn du die Katze fortgetragen hast, dann war doch eine Katze da?‹

›Nicht doch, die Katze hat er sich nur eingebildet. Aber was hätte es geholfen, wenn ich ihm die Wahrheit gesagt hätte? Nichts, er hätte mich vielleicht aus dem Haus geworfen. Unmöglich, es geht mir hier gut, und ich habe ein Auskommen. Fünfundzwanzig Pfund im Jahr. Er soll mir dreißig geben, und ich sehe zwei Katzen.‹

Ich hatte nicht den Mut, länger zuzuhören. Seufzend kehrte ich in mein Zimmer zurück. Mein Zimmer war leer …

Am nächsten Tag war meine Gefährtin zur bestimmten Zeit wieder da und verschwand erst am Morgen.

Einen Monat hatte ich die Erscheinung jeden Abend und gewöhnte mich langsam daran. Am dreißigsten Tage nach der Hinrichtung schlug es sechs Uhr, ohne daß die Katze erschien. Ich glaubte von ihr befreit zu sein, und konnte vor Freude nicht schlafen. Gespannt wartete ich auf den Abend. In der letzten Stunde vor sechs hingen meine Augen an dem Zeiger der Uhr und folgten seinem Gang durch die Minuten. Endlich war es soweit, die Uhr begann zu schlagen, der Klöppel tat den ersten, den zweiten, den dritten, den vierten, den fünften, endlich den sechsten Schlag. In diesem Moment öffnete sich meine Tür … und ich sah einen Gerichtsdiener eintreten, der die Uniform des Lord-Lieutenants von Schottland trug.

Mein erster Gedanke war, daß der Mann mir ein Schreiben überbringen wolle, und ich streckte ihm meine Hand entgegen. Doch er achtete nicht darauf und stellte sich hinter meinen Sessel.

Ich brauchte mich nicht umzudrehen, um ihn zu sehen, denn mir gegenüber war ein Spiegel, in dem ich ihn betrachten konnte. Ich stand auf, und er folgte mir dabei in einiger Entfernung an den Tisch, wo ich nach meinem Diener läutete. John erschien, aber er bemerkte den Boten ebensowenig wie vorher die Katze.

Ich schickte John fort und sah mir den seltsamen Gast aufmerksam an. Er trug das Hofkleid, einen Degen an der Seite und unter dem Arm seinen Hut.

Um zehn ging ich zu Bett. Er setzte sich in den Sessel mir gegenüber, offenbar wollte er die Nacht so bequem wie möglich verbringen.

Ich drehte mich mit dem Kopf zur Wand, konnte aber nicht einschlafen und drehte mich ein-, zwei-, dreimal um, und jedesmal sah ich ihn beim Licht meiner Nachtlampe unbewegt im Sessel sitzen. Auch er schlief nicht.

Endlich kamen die ersten Strahlen des Tages durch die Läden in das Zimmer. Ich wandte mich ein letztes Mal nach meinem Mann um, er war verschwunden.

Bis zum Abend war ich von meiner Erscheinung befreit.

An diesem Abend hatte der Großvikar der Kirche zu einem Empfang bei sich eingeladen. Wenige Minuten vor sechs – zur kritischen Zeit – rief ich unter einem Vorwand meinen Diener. Ich bat ihn, meinen Rock auszubürsten und den Riegel vor die Tür zu schieben.

Er tat es.

Als die Uhr sechs schlug, wandte ich kein Auge von der Tür – die Tür öffnete sich, und mein Gerichtsbote erschien. Ich ging sofort zu der Tür, um sie zu kontrollieren: sie war verschlossen, die Riegel nicht verschoben. Der Gerichtsbote stand wieder hinter meinem Sessel, unbemerkt von John, der im Zimmer hin und her ging. Er sah ihn offenbar ebensowenig wie vorher die Katze.

Als ich begann, mich anzukleiden, geschah etwas Seltsames. Mein neuer Hausgenosse half John bei allem, was der tat, ohne daß John das bemerkte. Hielt John meinen Rock beim Kragen, so hielt das Gespenst ihn bei den Schößen. Reichte John mir die Hose beim Gürtel, hielt das Wesen sie bei den Beinen. Ich hatte niemals einen beflisseneren Diener.

Die Stunde des Besuchs war jetzt gekommen. Ich machte mich daran, zu gehen. Sogleich lief der Gerichtsbote mir voraus, durch die Tür, die Treppe hinab und nahm unten auf der Straße den Platz neben dem Kutscher auf dem Bock des Wagens ein. Vor dem Hause des Großvikars hielt der Wagen, und John öffnete den Schlag: der unheimliche Begleiter stand hinter ihm. Und wiederum eilte das Wesen mir voraus, bahnte sich unbemerkt seinen Weg durch die Bedienten an der Tür und sah nach mir, ob ich auch folgte.

Ich wollte jetzt mit dem Kutscher denselben Versuch anstellen, den ich schon mit John gemacht hatte.

›Patrik‹, fragte ich, ›wer war eigentlich der Mann, der neben Euch saß?‹

Patrick blickte sich erstaunt um. Dann schaute er mich an.

›Welcher Mann, Euer Gnaden?‹

›Es ist gut‹, sagte ich, ›es war ein Irrtum.‹

Ich ging in das Haus. Der Gerichtsbote stand auf der Treppe und wartete auf mich. Als er mich kommen sah, lief er mir voraus, wie um mich im Empfangssaal anzumelden. Kaum war ich in den Saal eingetreten, nahm er im Vorzimmer Platz, wie es sich für einen ordentlichen Diener gehörte. Alles geschah für alle anderen völlig unbemerkt, und meine Furcht begann sich in Entsetzen zu verwandeln. Ich wußte, ich mußte wahnsinnig werden, hörte der Spuk nicht auf.

Von diesem Abend an nahm auch meine Umwelt diese Veränderung wahr. Immer häufiger wurde ich gefragt, warum ich zergrübelt aussähe.

Wieder in meinem Haus, hatte ich auch wieder meinen Begleiter bei mir gehabt, und er hatte die Nacht in der bekannten Weise im Sessel verbracht. Ich hatte versucht festzustellen, ob irgend etwas Fühlbares an der Erscheinung wäre und mich in den Sessel fallen lassen, wo das Wesen saß, doch da war nichts, außer seinem Bild im Spiegel. Erst am Morgen verschwand es wieder, und so wiederholte sich die Erscheinung über einen ganzen Monat. Einen Tag hatte ich Ruhe.

An ein Verschwinden der Spukbilder, wie beim Wegbleiben der Katze, glaubte ich nicht mehr, ich erwartete nur eine neue schreckliche Verwandlung und statt mein Alleinsein zu genießen, sah ich dem nächsten Tag mit Entsetzen entgegen.

Ich behielt recht.

Mit dem Glockenschlag sechs hörte ich ein leises Rauschen in den Vorhängen meines Bettes und erblickte ein Skelett. Wenn ich mich so ausdrücken darf, sah ich das lebendige Bild des Todes.

Das Skelett stand reglos, seine leeren Aughöhlen auf mich gerichtet. Wohin ich auch lief, immer folgte mir dieser Blick.

In dieser Nacht war ich nicht fähig, mich in mein Bett zu legen. Ich verbrachte die Nacht in dem Lehnstuhl, in dem der seltsame Gerichtsbote gesessen hatte. Bei Tagesanbruch verschwand das Skelett.

Am nächsten Abend wiederholte sich das schreckliche Schauspiel. Die Vorhänge des Bettes bewegten sich, zwei Knochenhände teilten sie, und das bleiche Gerippe nahm seinen Platz ein.

Diesmal allerdings hatte ich den Mut, mich in mein Bett zu legen, den schrecklichen Gast an der Seite.

Sie werden begreifen, lieber Doktor, welche Nacht ich zubrachte. Ich habe jetzt zwanzig solcher Nächte hinter mir. Jetzt wissen Sie, was mir fehlt. Haben Sie noch Lust, mich zu heilen?‹

›Ich werde wenigstens versuchen, Ihnen zu helfen‹, antwortete der Doktor.

›Wie wollen Sie das machen?‹

›Ich bin überzeugt, daß das, was Sie sehen, nur in Ihrer Einbildung existiert.‹

›Ob eingebildet oder nicht, für mich ist es real.‹

›Sie wollen, daß auch ich es sehe?‹ fragte der Doktor.

›Sobald als möglich. Morgen schon‹, sagte der Patient.

Am nächsten Morgen kam der Doktor in das Zimmer seines Freundes.

›Nun‹, fragte er ihn, ›was macht das Skelett?‹

›Es ist verschwunden‹, sagte der mit schwacher Stimme.

›Gut‹, meinte der Doktor, ›wir wollen uns so einrichten, daß es heute nacht nicht wiederkommt.‹

›Tun Sie das, bitte.‹

›Sie sagen, daß es jedesmal mit dem Schlag der sechsten Stunde kommt?‹

›Jedesmal.‹

›Gut, fangen wir damit an, die Uhr anzuhalten.‹ Der Doktor unterbrach die Bewegung des Pendels.

›Was soll das bedeuten?‹

›Ich will Ihnen die Möglichkeit nehmen, die Zeit zu berechnen.‹

›Einverstanden.‹

›Jetzt wollen wir die Fensterläden schließen und die Vorhänge zuziehen.‹

›Warum das?‹

›Aus dem gleichen Grund.‹

Die Läden wurden geschlossen und die Vorhänge zugezogen. Wir zündeten Kerzen an.

›Halten Sie ein Frühstück und ein Mittagessen bereit, John‹, sagte der Doktor, ›wir wollen nicht zu einer bestimmten Stunde bedient werden, sondern nur dann, wenn ich rufen werde. Außerdem bringen Sie uns noch Karten, Würfel und Dominosteine, und dann lassen Sie uns allein.‹

John brachte die Utensilien und entfernte sich. Der Doktor versuchte seinen Patienten nun nach Kräften abzulenken. Er zog ihn in ein Gespräch, vertrieb sich die Zeit mit ihm beim Spiel, und als sie beide Hunger spürten, läutete er dem Diener. John brachte ein Mittagessen.

Sie aßen, tranken, nahmen den Kaffee und spielten wieder weiter. Der Tag verging nur langsam. Endlich glaubte der Arzt, die verhängnisvolle Stunde müßte vorüber sein. Er erhob sich und sagte: ›Nun denn, Viktoria!‹

›Wie, Viktoria?‹ fragte der ihm Anvertraute.

›Es muß mindestens acht oder neun Uhr sein, und das Skelett ist nicht gekommen.‹

›Schauen Sie auf Ihre Uhr, und wenn die Stunde vorüber ist, werde ich wie Sie Viktoria rufen.‹

Der Doktor zog seine Uhr aus der Tasche und blickte darauf. Er schwieg.

›Sie haben sich geirrt, nicht wahr Doktor?‹ sagte der Richter. ›Es ist gerade sechs Uhr.‹

›Ja.‹

›Nun, da kommt auch das Skelett.‹ Der Richter seufzte tief. Der Arzt sah sich aufmerksam im Zimmer um und fragte: ›Wo sehen Sie es denn?‹

›Am üblichen Platz, zwischen den Vorhängen meines Bettes.‹

Der Arzt stand auf und ging zum Bett, wo er sich auf die Stelle setzte, an der sich das gespenstische Wesen befinden sollte. ›Und jetzt‹, sagte er, ›sehen Sie es immer noch?‹

›Sie verdecken seinen unteren Teil, aber ich sehe seinen Schädel.‹

›Wo?‹

›Über Ihrer rechten Schulter. Es ist, als ob Sie zwei Köpfe hätten.‹

Der Arzt wandte sich um, sah aber nichts.

›Mein Freund‹, sagte er traurig und ging auf den Richter

zu, ›ich glaube, Sie sollten sich beeilen, Ihren irdischen Nachlaß zu ordnen.‹

Neun Tage später fand John seinen Herren tot im Bett.

Es waren genau drei Monate seit der Hinrichtung des Schotten vergangen.«

VIII.
Die Königsgräber von Saint-Denis

Ledru sah den Erzähler fragend an. »Eine seltsame Geschichte, Doktor Robert. Was aber beweist sie nun nach Ihrer Meinung?«

»Das beweist, das die Wahrnehmungsorgane in solchem Maße gestört werden können, daß sie uns Menschen völlig irreale Bilder vermitteln können. Man sieht und hört, was gar nicht existiert. Das ist alles.«

»Und doch«, sagte der Chevalier Lenoir mit der Zurückhaltung des Gelehrten, »und doch gibt es in diesem Bereich Dinge, die ihre Spuren zurücklassen. Wie erklären Sie, Doktor Robert, daß Schläge von Gespenstern blaue Flecke zurückließen? Wie wollen Sie erklären, daß Prophezeiungen solcher Wesen, die Jahrzehnte vorausgriffen, sich auf den Punkt erfüllten? Wie kann, was es nicht gibt, verletzen, voraussagen?«

»Ich weiß nicht, wovon Sie reden«, sagte Doktor Robert.

»Irgend etwas von der Art hat jeder schon mal gehört.«

»So ist es nicht. Ich denke an das, was ich selbst erlebt habe.«

»Sie?«

»Ja, ich. Und zwar im Jahre 1794, als die Königsgräber in Saint-Denis geplündert wurden. Ich war ein Jahr vorher zum Direktor des französischen historischen Museums ernannt worden und war in dieser Eigenschaft dabei, als die Revolutionäre meinten, für die Könige genüge draußen auf dem

Friedhof ein Grab und sie brauchten kein Mausoleum in der Abteikirche. Zwölf Jahrhunderte lang, von Dagobert bis zu Ludwig XVIII., hatten sich unsere Könige, außer drei Merowingern und einigen Kapetingern, hier bestatten lassen, und nun das. Ich war tief erschüttert und sehe nach so vielen Jahrzehnten das Geschehen noch immer in allen Einzelheiten vor mir.

Der Haß des Volkes auf das ganze Königstum war grenzenlos und auch nicht mit der Hinrichtung Ludwigs des XVI. gestillt worden. Man wollte von der Monarchie keine Spur mehr übriglassen, und ich erinnere Sie, daß in Saint-Denis sechzig Könige beigesetzt waren.

Natürlich spielten auch die Schätze eine Rolle, die man als Grabbeigaben vermutete. In den wenigen Tagen vom 6. bis 8. August wurden einundfünfzig Gräber zerstört, und das wurde nun auch der Regierung zuviel, und sie begann die Sache in die eigene Hand zu nehmen.

Arme Toren, die nicht begreifen, daß die Menschen manchmal die Zukunft, aber niemals die Vergangenheit ändern können. Man hatte auf dem Friedhof ein großes Massengrab ausgehoben, und in dieses Loch sollten die Überreste der Menschen geworfen werden, die aus Frankreich die erste Nation Europas gemacht hatten. Auf diesem Wege wurde der Wunsch des Volkes erfüllt, aber mehr noch war es das Verlangen von Zeitungsschreibern, Advokaten, Karrieremachern, all diesen Raubvögeln der Revolution.

Der Stolz derer, die nicht aufzubauen verstehen, besteht in der Zerstörung.

Ich wurde mit der Beaufsichtigung der Beseitigung der Gräber beauftragt und bekam so die Möglichkeit, viele kostbare Dinge zu retten.

Am Sonnabend, dem 12. Oktober, ließ ich die Grabgewölbe der Bourbonen öffnen, und als erstes wurde der Sarg Heinrichs des IV. herausgetragen, der im Mai 1610 ermordet worden war. Er war zu der Zeit siebenundfünfzig Jahre alt.

Seine Leiche war erstaunlich gut erhalten, die Gesichtszüge vollkommen erkennbar. Rubens hat sie zu Lebenszeiten des Königs porträtiert. Als der König in seinem Leichentuch aus dem Grab auftauchte, verbreitete sich große Aufregung, und es fehlte nicht viel, so hätte das Volk gerufen: Es lebe Heinrich der IV.!

Ich folgte dieser Stimmung und ließ die Leiche an eine Säule des Chores lehnen, wo sie jeder betrachten konnte. Der König trug wie zu Lebzeiten sein schwarzes Samtwams mit Spitzenmanschetten und Halskrause, eine Faltenhose, seidene Strümpfe und Seidenschuhe. Ein grauer Haarkranz umgab seinen Kopf, und ein schöner weißer Bart fiel auf die Brust herab. Eine nicht endenwollende Prozession nahm nun ihren Anfang, als wäre eine Reliquie ausgestellt. Die Frauen kamen, die Hände des guten Königs zu berühren, der Saum seines Mantels wurde geküßt, und einige ließen ihre Kinder niederknien und flüsterten: ›Ach wenn er doch lebte, das Volk wäre glücklicher.‹

Sie hätten auch sagen können, wohl auch nicht so grausam. Die Prozession dauerte den ganzen Sonnabend, Sonntag und Montag. Montag mittag ging dann die Umbettung weiter. Nach der Leiche Heinrichs des IV. wurde die seines Sohnes Ludwig des XIII. aus seinem Grab geholt. Der Tote war recht gut erhalten, allerdings nicht die Gesichtszüge, nur der Schnurrbart hatte überdauert. Dann kam Ludwig der XIV. – seine Leiche war ganz schwarz –, und so immer weiter einer der Großen nach dem anderen, zuletzt Maria Theresia, die Frau Ludwigs des XIV., den man einmal den Sonnenkönig genannt hatte.

Die Leiche Heinrichs des IV. stand während des ganzen Spektakels an der Säule, und nichts deutete darauf hin, daß den König der Frevel berührte, dessen Zeuge er wurde.

Am Mittwoch, dem 16., gerade zur Zeit, als die Königin Marie-Antoinette am Vormittag auf dem Revolutionsplatz enthauptet wurde, trug man den Sarg König Ludwigs XV. aus der Gruft. Nach alter Sitte ruhte er am Eingang des Gewölbes, wo er seinen Nachfolger erwartete, der aber nicht hierher kommen sollte. Der Sarg blieb geschlossen, und erst als die Träger auf dem Friedhof und an der Grube waren, wurde er geöffnet. Die in dem Bleisarg liegende, in Leinwand und Binden gehüllte Leiche, schien gut erhalten. Doch von der Umhüllung befreit, bot sich ein Bild schrecklicher Verwesung, und ein entsetzlicher Geruch verbreitete sich, vor dem alles floh. Man verbrannte Pulver, um die Luft etwas zu reinigen. Eilig wurden die Überreste des Mannes, der einmal die Pompadour und Madame du Barry geliebt hatte, in das Grab geworfen und mit Ätzkalk bestreut.

Ich war bis zuletzt geblieben, um das Pulver abbrennen und den Kalk streuen zu lassen, als ich aus der Kirche lautes Geschrei hörte. Ich lief rasch in die Kirche und sah einen Arbeiter, den seine Kameraden eben in diesem Augenblick verprügeln wollten. Der Bursche hatte seine Arbeit auf dem Friedhof verlassen und war auf den Revolutionsplatz gelaufen, um sich die Hinrichtung Marie-Antoinettes nicht entgehen zu lassen. Von dem blutigen Schauspiel aufgeputscht, wollte er es auf seine Weise in Saint-Denis fortsetzen. Er ging auf die am Pfeiler lehnende Leiche Heinrichs des IV. zu, drängte sich durch die Neugierigen und Verehrer des Königs und rief: ›Mit welchem Recht stehst du hier, wenn man auf dem Revolutionsplatz den Königen den Kopf abschlägt?‹ Bei diesen Worten gab er dem König mit der rechten Hand eine Ohrfeige, und mit der linken Hand griff er in den Bart. Die Leiche fiel mit einem Geräusch zu Boden, als sei da ein Sack mit Knochen umgefallen.

Ein wütendes Geschrei erhob sich. Gegenüber jedem anderen König hätte man das wagen können, aber doch nicht gegenüber dem Mann, den das Volk den guten König Henri genannt hatte und noch immer liebte. Als ich kam, sah es aus, als wollten die Leute den Arbeiter lynchen. Ich verwandte mich für ihn, auch mit dem Gedanken, ihn nicht so schnell von der Verantwortung für seine Tat zu befreien.

›Kinder‹, sagte ich zu den Arbeitern, ›laßt den Elenden in Ruhe, der König hat im Himmel einen guten Kredit. Die Strafe wird von da kommen.‹

Ich entließ den Burschen sofort aus seinem Dienst und jagte ihn aus der Kirche. Unter den Beschimpfungen seiner Kameraden lief er eilig davon.

Um neuen Frevel abzuwenden, ließ ich schnell den toten König auf den Friedhof tragen und in die große Grube senken. Niemand aber ließ es auf diesem Weg an Zeichen der Achtung fehlen. Während man die anderen einfach hinabgeworfen hatte, wurde seine Leiche sorgsam hinabgelassen, in eine Ecke gebettet und nicht mit einer Lage Kalk, sondern mit einer Schicht Erde bedeckt.

Das Tagwerk war beendet, und die Arbeiter entfernten sich. Allein der Wächter blieb zurück. Er war ein tapferer Mann, und ich hatte ihn in meinen Dienst genommen, da Gefahr bestand, die Kirche würde aufgebrochen und geplündert werden. Der Mann schlief über Tag und wachte von sieben Uhr abends bis sieben Uhr morgens. Er durchstreifte die Kirche oder ruhte sich auch an einem Kirchenpfeiler in der Nähe des Eingangs aus. Dort brannte auch ein kleines Wachfeuer.

Die Kirche bot das Bild des Todes, und die Verwüstungen überall steigerten es noch. Die Grabgewölbe standen offen, und die Steinplatten, die sie sonst schlossen, lehnten an den Wänden. Zerbrochene Statuen bedeckten den Boden. Wer noch fühlen konnte, mußte sich darüber entsetzen, wozu Menschen fähig waren.

Der Wächter sah auf die Trümmer wie auf einen vom Sturm verwüsteten Wald, und er zählte die Nachtstunden, die der Glockenschlag der Uhr angab, und das war das einzige Geräusch in dem Kirchengewölbe. Als es Mitternacht schlug und der letzte Schlag verhallte, hörte er ein lautes Geschrei draußen vom Kirchhof. Rufe, Klagelaute, schmerzliches Jammern. Als er sich von seinem ersten Schrecken erholt hatte, griff er sich eine Hacke und lief nach draußen.

Dort blieb er aber stehen, denn das Geschrei kam aus dem Erdloch, in das man die Überreste der Könige geworfen hatte. Er wagte allein nicht weiterzugehen und kam zu dem Wirtshaus, in dem ich wohnte, um mich zu holen.

Ich wollte dem Mann nicht glauben, aber der öffnete mein Fenster, und da ich gegenüber der Kirche wohnte, vernahm auch ich durch das Rauschen des Windes ein seltsames Klagen. Ich stand auf und ging mit dem Wächter hinüber in die Kirche. Dort hörten wir die Klagen deutlicher und deutlicher. Wir zündeten Fackeln an und wollten mit ihnen die Kirche verlassen, aber jedesmal, wenn wir an die Tür kamen, löschte die Zugluft sie uns aus. Eine Laterne, die der Wächter herbeiholte, schaffte Abhilfe. Wir gingen durch die enge Tür, in der es wie in einem Kamin zog, hinaus auf den Friedhof, und hier gelang es uns auch, die Fackeln anzuzünden.

Das Rufen hatte jetzt nachgelassen, und als wir den Rand der Grube erreichten, war es fast verstummt. Wir hielten unsere Fackeln über das Loch und sahen, wie sich zwischen den Gebeinen und in dem Gemenge von Kalk und Erde etwas bewegte. Es schien ein Mann zu sein.

›Was machen Sie denn da unten?‹, fragte ich das Gespenst.

›Ach‹, jammerte es, ›erkennen Sie mich denn nicht? Sie haben mich doch heute davongejagt wegen dieser Sache mit dem König Heinrich IV.‹

›Aber wie kommst du jetzt in die Grube?‹

›Holen Sie mich erst hier raus, Bürger Lenoir, ich komme um hier unten, ich will Ihnen dann alles erzählen.‹

Sobald der Wächter begriffen hatte, daß er es nicht mit einem Toten, sondern mit einem Lebenden zu tun hatte, war sein Mut wieder zurückgekehrt, und er brachte eine Leiter herbei, die ein Stück abseits lag. Ich ließ ihn die Leiter in die Grube hinabsenken und forderte den Mann da unten auf, heraufzusteigen. Er schleppte sich bis an den Fuß der Leiter und kam dann nicht mehr weiter. Vor den Sprossen mußte er kapitulieren, er hatte sich einen Arm und ein Bein gebrochen.

Wir warfen einen Strick mit einer Schlinge hinunter, ich behielt das obere Ende in den Händen, und der Wächter, der in die Grube gestiegen war, legte dem Mann die Schlinge um den Leib, und mit vereinten Kräften gelang es uns, diesen Lebenden aus der Gesellschaft der Toten zu holen. Kaum hatten wir ihn aber aus der Grube, da wurde er ohnmächtig.

Wir trugen ihn an das kleine Wachtfeuer in der Kirche und legten ihn dort auf Stroh. Ich schickte den Wächter fort, einen Arzt zu holen. Als er nach einiger Zeit kam, war der Mann noch immer besinnungslos, und erst, als der Arzt begann, seine Wunden und Brüche zu versorgen, kehrte er wieder langsam ins Leben zurück.

Da ich mit ihm allein sein wollte, schickte ich auch den Wächter fort, nachdem der Arzt gegangen war. Dem war es nach den Aufregungen der Nacht mehr als lieb, schnell ins Bett zu kommen. So saß ich dem Verletzten im Schein des flackernden Feuers allein gegenüber und hörte mir seine Geschichte an. Mein Rauswurf hatte ihn wenig bekümmert. Er hatte Geld in der Tasche und war in eine Kneipe gegangen. Dort wollte er etwas trinken, aber beim dritten Glas schon fragte ihn der Wirt, ob der denn nicht bald fertig sei.

›Und warum das?‹ hatte der Arbeiter geantwortet.

›Weil ich gehört habe, daß du es bist, der Heinrich IV. geschlagen hat.‹

›Nun ja‹, sagte der Arbeiter unverschämt, ›was ist dabei?‹

›Was dabei ist? Ein Strolch wie du bekommt in meinem Haus nichts.‹

›Dein Haus ist ein Haus für jeden, der bezahlt. Und ich bezahle, also bin ich hier zu Haus.‹

›Ja, aber du bezahlst nicht.‹

›Und warum?‹

›Weil ich dein Geld nicht will. Du hast hier nichts zu suchen. Also raus.‹

›Ja, wenn du der Stärkere bist.‹

›Wenn ich es nicht bin, dann werden es meine Leute sein.‹

›Rufe Sie doch, dann werden wir es sehen.‹

Der Wirt hatte vorgesorgt. Drei kräftige Männer traten durch die Tür, und der Bursche, der eben noch so unverschämt war, zog es vor, stillschweigend zu verschwinden.

Er war danach durch die Stadt gelaufen und zu Mittag in ein Restaurant gegangen, das die Arbeiter immer besuchten, um hier zu essen.

Er hatte gerade seine Suppe auf dem Tisch, als ein paar seiner früheren Kameraden durch die Tür traten. Sie hatten eben ihr Tagwerk beendet. Sie blieben auf der Schwelle stehen und riefen dem Wirt zu, sie alle würden wieder gehen, wenn dieser Mann hier essen würde.

Verwundert fragte der Wirt, was das denn bedeuten solle, und er hörte von der Leichenschändung.

›Dann scher dich hinaus‹, sagte er zu seinem Gast. ›Und was du gegessen hast, soll zu Gift werden.‹

Der Bursche stand auf und verließ wütend das Restaurant. Fluchend lief er durch Saint-Denis, und endlich gegen zehn Uhr abends zu seiner Schlafstelle. Zu seiner Überraschung fand er die Tür des Hauses verschlossen.

Er klopfte, und sein Wirt öffnete ein Fenster. Da es dunkel war, konnte er den Mann, der da geklopft hatte, nicht erkennen und fragte: ›Wer sind Sie?‹

Der Arbeiter nannte seinen Namen.

›Aha‹, sagte der Wirt, ›der Kerl, der sich an unserem guten König Henri vergangen hat, ist da. Warte.‹ Gleich darauf flog ein Bündel oben zum Fenster hinaus und auf die Straße.

›Was ist das?‹ frgte der Arbeiter.

›Dein ganzer Kram, der hier war. Du kannst schlafen, wo du willst, nur nicht hier. Ich habe keine Lust, zu erleben, daß mir das Haus über dem Kopf zusammenbricht.‹

In seiner Wut nahm der Bursche einen Pflasterstein und schmetterte ihn gegen die Tür.

›Na warte‹, rief der Wirt, ›jetzt werde ich deine Kameraden wecken, und dann sollst du sehen.‹

Der Wütende wollte es nicht darauf ankommen lassen und entfernte sich schnell. Er war einige Minuten gegangen, als er eine offene Tür sah, die in einen Schuppen führte. Dort legte er sich auf ein Strohbündel und schlief ein.

Gegen dreiviertel zwölf war ihm, als ob jemand seine Schulter berühre. Er sah eine weiße Gestalt, die ihm mit einem Wink zu folgen bedeutete.

Er glaubte, es sei eine Dirne, und da Huren immer ein Lager und ein Vergnügen für den haben, der beides bezahlen kann, stand er auf und folgte der Frau. Geld hatte er, und die Nacht hätte er schon gern in einem Bett zugebracht.

Die Frau ging ihm voraus, und er hinter ihr her, und da er sich in der Gegend und mit diesen Frauen auskannte, folgte er ihr unbekümmert. Der Weg führte schließlich auf ein Feld, und da er glaubte, die Frau bewohne ein abgelegenes Haus, ging er ihr weiter hinterher.

Nach nochmals hundert Schritten traten sie durch eine Mauerlücke, und als er sich nun umsah, erblickte er plötzlich die Abteikirche von Saint-Denis mit ihrem hohen Turm und den Schein des Feuers im Innern der Kirche, das der Wärter unterhielt.

Sein Blick suchte die Frau, aber sie war verschwunden. Er befand sich auf dem Kirchhof.

Jetzt wollte er wieder zurück durch die Mauerlücke, aber es war ihm, als stünde dort etwas, das aussah wie der König Heinrich, und dieses Wesen streckte den Arm in seine Richtung aus. Das Gespenst trat einen Schritt vor, und er trat einen Schritt zurück, und das ging so vier oder fünf Schritte, bis der Boden unter seinen Füßen nachgab und er hintenüber in das offene Grab auf dem Friedhof stürzte.

Dort unten mußte er erleben, wie die toten Könige sich plötzlich aufrichteten, sie erhoben ihre Zepter oder auch nur ihre Hände und drohten ihm und verfluchten den Leichenschänder. Er hatte dabei das Gefühl, als würden alle seine Glieder einzeln zerschmettert. Dies war der Augenblick, da es Mitternacht schlug, und der Wächter in der Kirche das Hilfegeschrei hörte …

Ich tat mein Möglichstes, um den völlig Verstörten zu beruhigen, aber er hatte einen solchen Schock, daß er, nachdem er noch drei Tage lang wild phantasierte, mit dem Schrei ›Gnade!‹ starb.«

Lenoirs Schilderung endete. Wieder war es unser wackerer Doktor Robert, der die erste Frage hatte.

»Verzeihung«, sagte er, »aber ich verstehe das Ende Ihrer Erzählung nicht recht. Lassen Sie mich ein wenig sortieren. Der Unfall ihres Arbeiters zeigt, wie tief ihn getroffen hatte, was er den Tag über erlebte. Entweder im wachen Zustand oder in einer Art Geistestrübung irrte er in der Nacht umher, geriet auf den Friedhof und stürzte in das Grab, wobei es doch ganz natürlich ist, sich bei einem solchen Sturz die Glieder zu brechen. Doch weiter. Sie haben aber auch noch von einer Prophezeiung gesprochen, die in Erfüllung gegangen sei, und davon berichtet die Geschichte nichts.«

»Warten Sie, Doktor«, sagte der Chevalier, »die Geschichte, die ich eben erzählt habe und die man durchaus, wie Sie es tun, als eine Kette unglücklicher Zufälle sehen kann, führt auf geradem Wege zu dieser Prophezeiung, die ich Ihnen erzählen will und die ein Geheimnis ist.«

Am 20. Januar 1794, nach der Zerstörung der Grabkammer Franz' I., öffnete man den Sarg der Gräfin von Flandern; diese beiden Gräber waren die einzigen, die noch übrig waren, alle anderen Grabkammern waren erbrochen worden und alle Särge leer, die Totengewölbe der Valois und Karolinger notdürftig verschlossen, am nächsten Tage sollte das auch bei den Bourbonen geschehen.

Es war jetzt die letzte Nacht des Wächters in der Kirche angebrochen, denn es gab nichts mehr zu bewachen. Er durfte schlafen.

Um Mitternacht weckten ihn Orgelspiel und Gesang. Er erwachte, rieb sich die Augen und sah in Richtung des Chors, woher der Gesang kam. Mit Erstaunen sah er, daß die Plätze im Chor von Mönchen der Abtei Saint-Denis besetzt waren, einen die Messe lesenden Erzbischof und einen hell erleuchteten Katafalk, bedeckt mit dem großen goldenen Leichentuch, das gewöhnlich nur die toten Könige verhüllt. Er war gerade noch Zeuge der letzten Klänge der Orgelmesse geworden.

Jetzt wurden die Königsinsignien Herolden übergeben, die sie an drei Prinzen weiterreichten. Ohne das geringste Geräusch näherten sich einige Edelleute, nahmen den Katafalk auf und trugen ihn in das noch offene Grabgewölbe der Bourbonen. Einer der Herolde, der diesen Weg mitgegangen war, rief den anderen Herolden zu, ihres Amtes zu walten.

Der erste Herold brachte die Sporen, der zweite den Panzerhandschuh, der dritte den Schild, der vierte den Helm, der fünfte die Rüstung.

Es folgten die Kapitäne der Schweizer Garden, die Bogenschützen, der Oberstallmeister mit dem Königsschwert, die ersten Kammerherren mit dem Banner von Frankreich, der Großhofmeister, an dem die Haushofmeister vorübergingen und ihre weißen Stäbe in das Grabgewölbe warfen, und schließlich die drei Prinzen mit den Insignien.

Nun war der Moment gekommen, da der Wappenträger dreimal mit lauter Stimme rief: ›Der König ist tot. Es lebe der König!‹ Einer der im Chor gebliebenen Herolde wiederholte diesen dreifachen Ruf.

Am Ende der Zeremonie zerbrach der Großhaushofmeister seinen Stab als Zeichen, daß der königliche Haushalt aufgelöst und die Beamten des Königs ihres Dienstes ledig seien. In diesem Moment schmetterten die Trompeten, und es erklang wieder die Orgel.

Je leiser diese Klänge wurden, desto schwächer brannten die Kerzen und ließen die Umrisse all der Menschen, die unsere Abtei füllten, sich langsam im Dunkel auflösen. Mit den letzten Tönen war alles verschwunden.

Am nächsten Tag berichtete der Wächter von den seltsamen Vorkommnissen der Nacht und dem königlichen Begräbnis, dessen Zeuge er geworden war.

Er prophezeite, daß all die verwüsteten Gräber restauriert werden würden und Frankreich, trotz aller Dekrete des Konvents und des Rasens der Guillotine, wieder eine Monarchie werden würde.

Diese Äußerungen brachten den armen Teufel ins Gefängnis und beinahe aufs Schafott.

Dreißig Jahre später standen wir, dreißig Jahre älter, wieder in der Abtei. Es war der 20. September 1824. Die wiedererstandene Monarchie geleitete Ludwig XVIII. zu Grabe. Wir standen an der Säule, an der der Wächter damals seinen Platz gehabt und die Vorgänge der seltsamen Nacht beobachtet hatte. Der Wächter zog mich am Rockärmel und sagte: ›Nun denn, Herr Lenoir, hatte ich Ihnen nicht vorausgesagt, daß unsere armen Könige wieder nach Saint-Denis zurückkehren würden, habe ich mich geirrt?‹

Er hatte recht behalten. Doch etwas anderes war viel überraschender. Alles ging genau so vor sich, wie er es damals gesehen und erzählt hatte.

Nun, wie erklären Sie sich das, Doktor?«

IX.
Artifaille

Diesmal schwieg der Doktor. Vielleicht hatte auch ihn, was er gehört hatte, überzeugt, oder er wollte sich in keinen Streit mit einem Mann von der Autorität des Chevalier Lenoir einlassen.

Das Schweigen des Doktor Robert ließ anderen Interpreten Raum. Der Abbé Moulle trat in die Arena.

»Das alles bestätigt meine Theorie«, sagte er.

»Und was für eine Theorie haben Sie?« fragte der Doktor erfreut, es nicht wieder mit Kontrahenten vom Format Ledrus oder Lenoirs aufnehmen zu müssen.

»Daß wir zwischen zwei unsichtbaren Welten leben. Die eine ist mit Dämonen, die andere mit himmlischen Geistern bevölkert. Wenn wir geboren werden, nehmen uns zwei Genien in ihre Mitte und begleiten uns durch das Leben und versuchen, uns für sich zu gewinnen. Das gute und das böse Prinzip begleiten uns. In der Todesstunde wird abgerechnet. Was hat in unserem Leben überwogen? Auf diese Weise fällt unser Leib entweder an einen Dämon oder an einen Engel.

Im Fall der armen Solange war es ein guter Geist, und er war es, der Ihnen, Ledru, ein letztes Zeichen des Mädchens gab. Bei dem schottischen Räuber ist ein Dämon Sieger gewesen und hat sein teuflisches Todesspiel mit dem unglücklichen Richter getrieben.

In der Geschichte, die der Chevalier Lenoir uns erzählte, war es der Geist der Monarchie, der sich äußerte, und er hat sich wie Christus den Armen Ihrem Wächter gezeigt.«

»Nun ja«, sagte der Doktor, »wenn ich Sie recht verstanden habe, sprachen Sie von einer Theorie, aber auch eine Theorie geht von Tatsachen aus, sonst handelt es sich um reine Spekulation.«

»Ich verfüge über solche Tatsachen.«

»Die Ihnen erzählt wurden? Das zählte nicht viel.«

»Nein, sie sind mir selbst begegnet.«

»Oh, das ist interessant, erzählen Sie uns die Tatsachen, Herr Abbé.«

»Mit Vergnügen. Ich bin in dem Teil unseres Vaterlandes geboren, den man Isle de France nennt. Meine Eltern wohnten in einem Dorf mitten im Wald, es hieß Fleury, Sie werden es nicht kennen. Bevor ich geboren wurde, hatte meine Mutter schon fünf Kinder gehabt, zwei Mädchen, drei Jungen, aber sie waren alle bald nach der Geburt gestorben. Als meine Mutter nun wieder schwanger war, gelobte sie, ihr

Kind bis zu seinem siebenten Jahr weiß zu kleiden, und mein Vater wollte eine Wallfahrt zu der Kirche Notre Dame de Liesse machen.

Zwischen den Gelübden gibt es einen Zusammenhang. Weiß ist die Farbe der Jungfrau Maria, und Notre Dame de Liesse ist der Mutter Gottes geweiht.

Zu unserem Unglück starb mein armer Vater vor meiner Geburt, und da meine Mutter eine fromme Frau war, übernahm sie es, auch noch das Gelübde meines Vaters zu erfüllen.

Ich wurde nicht nur von der ersten Minute meines Lebens an von Kopf bis Fuß weiß gekleidet, sie machte sich auch auf den Weg nach Notre Dame de Liesse. Glücklicherweise lag die Kirche nicht zu weit von uns entfernt. Es waren fünfzehn Stunden Wegs. In drei Tagesreisen erreichte sie die Kirche. Sie hielt dort ihre Andachten ab, und der Pfarrer gab ihr ein Silbermedaillon für mich mit, das sie mir um den Hals hängte.

Meine Kinderjahre verliefen glücklich und gesund, und als darüber nachzudenken war, entschloß ich mich für den geistlichen Stand. Ich trat in das Priesterseminar von Soissons ein und wurde am Ende der Studien 1790 als Pfarrverweser nach Etampes gesandt.

Etampes hat vier Kirchen, und der Zufall wollte es, daß ich meinen Platz an der Kirche fand, die der Mutter Gottes geweiht ist.

Es ist ein wunderbarer romanischer Bau aus dem zwölften Jahrhundert. Eine ihrer Kostbarkeiten sind die herrlichen farbigen Fenster. Es muß ein prächtiges Zusammenspiel der Farben gewesen sein, als Vergoldungen und Malereien die Kirche noch schmückten, die nachfolgende Zeiten beseitigten. Meine Liebe zu diesen steinernen Zeugen unserer Vergangenheit reicht bis in die Kindertage zurück. Das Mittelalter hat den Boden Frankreichs mit einem Wald von Kirchen bedeckt, der zerfiel, als die Irrlehren Luthers und Calvins in unser Land kamen.

Wie oft hatte ich als Kind in den Ruinen der Johanniskirche in Soissons gespielt und mich an den Steinmetzarbeiten an den Säulen und Gesimsen erfreut, die wie steinerne Blumen aussahen. Um so glücklicher war ich nun, daß mir in Etampes eine ähnliche Kirche anvertraut war.

Es waren Stunden des Glücks, in der Kirche zu sein. Es war nicht unbedingt ein religiöses Gefühl, nein, mehr ein allgemeines Wohlsein, hier fühlte ich mich zu Hause. Wie oft kniete ich auf einem der Gräber oder lehnte an einer Säule und hing stundenlang meinen Gedanken nach. Es waren nicht irgendwelche theologischen Spitzfindigkeiten, die mich bewegten, nein, es war unser Konflikt zwischen Gut und Böse, der uns Menschen gefangen hält.

Kurz, die Kirche war meine eigentliche Wohnung, in dem kleinen Pfarrhaus, das man mir überlassen hatte, schlief und aß ich nur. Manchmal verließ ich meine Kirche erst gegen Mitternacht oder auch gegen Morgen.

Man wußte das. Wenn ich nicht im Pfarrhaus war, befand ich mich in der Kirche. Wenn man mich suchte, war ich dort gewiß zu finden.

Umfangen von dieser wunderschönen Welt, drang von dem, was sonst geschah, wenig zu mir. Zu dem wenigen aber gehörte, was auch sonst jedermann, ob alt oder jung, arm oder reich, in der Gegend von Etampes bewegte. Daran konnte niemand vorbeigehen. Ein Räuber, der vor nichts zu bangen schien und vor dem nichts sicher war, setzte unsere Gegend in Angst und Schrecken. Selbst die Kirchen waren Opfer seiner Raubzüge. Der Bursche schien seinen Ehrgeiz darein gesetzt zu haben, es dem berühmten Cartouche nachzutun, der sich mit seinen kühnen Raubzügen in unser aller Gedächtnis geschrieben hat. Die Dichter haben daran wohl ihren schlimmen Anteil. Als der Kerl endlich in einer Kneipe ergriffen wurde und auf der Folter lag, brachten damals gleich zwei seine Heldentaten auf die Bühne, und so wird man ihn wohl immer wieder schnöden Mammons wegen brauchen. Was Wunder, wenn ein Kerl wie der in unserer Gegend ihm wohl folgen wollte. Er hieß übrigens Artifaille.

An der Sache war etwas Besonderes für mich. Seine Frau wohnte bei uns in Etampes und war eines meiner fleißigsten Beichtkinder. Sie war eine ehrliche und aufrechte Frau, und die Taten ihres Mannes quälten sie fürchterlich. Sie suchte Trost in der Beichte und im Gebet, und sie hoffte dadurch auch die Schuld ihres Mannes zu mildern.

Er selbst war aber ein Bursche, der weder Gott noch den Teufel fürchtete. Er hatte seine eigene Religion. Er behauptete frech, die Gesellschaft sei ungerecht und seine Aufgabe sei es, sie zu verbessern, den Unterschied zwischen Oben und Unten nicht anzuerkennen. Er tue nichts anderes, als den Reichtum umzuverteilen. Übrigens sei er nur der Vorbote einer großen Bewegung, die eines Tages kommen und deren Ziel es sein werde, die Güter dieser Erde in Gemeinschaft zu besitzen.

An die zwanzig Mal hatte man ihn gefangen und ins Gefängnis gebracht, und doch war er in der zweiten oder wenigstens in der dritten Nacht immer wieder entflohen. Man wußte nicht, wie das zu erklären wäre, und so wurde behauptet, er sei im Besitz eines Krautes, das Eisen durchschneidet.

Es gab also manches Wunderbare an diesem Mann, was die allgemeine Einbildungskraft bewegte.

Mich beschäftigte er nur, wenn ich seine arme Frau in der Beichte erlebte und sie mich angstvoll um Rat fragte. Ich riet ihr, wie Sie sicher verstehen, all ihren Einfluß aufzubieten, den Mann auf einen besseren Weg zurückzubringen. Jedoch bewirkte die Frau bei ihm nichts.

So kam das Osterfest des Jahres 1783. Am Donnerstag hatte ich eine große Zahl von Beichten abgenommen und war am Abend gegen acht so erschöpft, daß ich im Beichtstuhl einschlief. Der Meßner hatte es gesehen, aber da er wußte, daß es zu meinen Schwächen gehörte und ich einen eigenen Schlüssel besaß, um die Kirche verlassen zu können, ging er ruhig davon. Ich schlief also, als ich plötzlich Geräusche hörte.

Das eine war mir bekannt und gewohnt. Unsere Turmuhr schlug Mitternacht. Das fremde Geräusch hörte sich an, als wäre ein Schritt auf den Steinplatten des Kirchenschiffes.

Ich trat vorsichtig aus dem Beichtstuhl, und es schien mir in dem schwachen Mondlicht dieser Nacht, als sei da ein Mann. In der Tat, ich sah richtig. Er bewegte sich mit großer Vorsicht und blickte sich bei jedem Schritt um, wie es keiner unserer Leute, ob Meßdiener oder Chorsänger, getan hätte. Es mußte ein Fremder sein, der bestimmt nicht in guter Absicht gekommen war.

Der nächtliche Besucher ging in Richtung des Chores. Dort zündete er mit einem Schwefelholz eine Kerze auf dem Altar an, und in ihrem flackernden Licht konnte ich den Mann jetzt genauer betrachten.

Er war mittelgroß, hatte einen gewissen ironischen Zug im Gesicht und trug in seinem Gürtel zwei Pistolen und einen Dolch. Er sah sich in dem vom Lichtschein der Kerze in das Dunkel gezogenen Kreis um, und er machte den Eindruck, als wäre diese Musterung zu seiner Zufriedenheit ausgefallen. Ich sah, wie er aus seinem Rock ein Bündel Dietriche zog, sie prüfte und dann mit einem von ihnen das Tabernakel aufschloß. Zuerst nahm er das Ciborium heraus, eine prachtvolle Silberschale, dann eine wertvolle Monstranz, die der Stadt von der Königin Marie-Antoinette geschenkt worden war, und schließlich zwei vergoldete Silberkännchen.

Da es alles war, was das Tabernakel enthielt, verschloß er es sorgfältig wieder und machte sich am unteren Teil des Altars zu schaffen, dort verwahrte ich in einem Reliquienkästchen ein Wachsbild der Mutter Maria. Ihre Krone war aus Gold und Diamanten und das Kleid mit prachtvollen Edelsteinen bestickt.

Nach wenigen Minuten hatte er das Kästchen mit einem Dietrich geöffnet, er hätte es auch einfach aufbrechen können, denn es war eigentlich ein Glaskästchen. Er wollte gerade seinen Inhalt dem übrigen Diebesgut hinzutun, als ich den Beichtstuhl verließ und auf den Altar zuging, denn dies konnte ich nicht länger mehr mit ansehen.

Das Geräusch, das ich machte, erschreckte den Mann, und er sah sich um. Doch der Beichtstuhl lag im Dunkel, und so sah er mich erst, als ich in den Lichtschein seiner Kerze trat. Er zog seine Pistole und richtete sie auf mich.

An dem schwarzen Gewand sah er, wer ich war. Ein Priester, dessen Waffe nur das Wort war, den allein sein Glauben schützte.

Trotz der Pistole, die er auf mich gerichtet hatte, trat ich an die Altarstufen heran. Ich war überzeugt, wenn er die Pistole benutzen wollte, würde diese versagen oder die Kugel mich verfehlen. Ich hielt mein Medaillon in den Händen und fühlte mich durch die Mutter Gottes geschützt. Die Ruhe des hilflosen Priesters schien den Mann zu verwirren.

›Was wollen Sie?‹ sagte er in einem Ton, dem man anmerkte, daß er sich zur Ruhe zwang.

›Sie sind Artifaille?‹ sagte ich ihm auf den Kopf zu.

›Natürlich‹, antwortete er, ›wer würde es sonst wagen, allein wie ich in eine Kirche einzudringen.‹

›Was bist Du nur für ein Mensch‹, sagte ich zu ihm, ›daß Du auch noch stolz auf Deine Verbrechen bist. Begreifst du denn nicht, daß du dabei bist, nicht nur das Leben, sondern auch die Seele zu verspielen?‹

›Unfug‹, rief er, ›mein Leben habe ich mir schon viele Male gerettet, und daß wird auch weiter so gehen, und was meine Seele betrifft ...‹

›Ja, was die Seele betrifft ...‹

›Das regelt meine Frau. Die ist fromm für zwei, und die wird uns beide in den Himmel bringen.‹

›Mein Freund, Sie haben eine wirklich gute Frau, und sie würde vor Schmerz bestimmt umkommen, wenn sie wüßte, was Sie hier in unserer Kirche vorhaben.‹

›Das glauben Sie?‹

›Ich bin davon überzeugt.‹

›Schön, dann werde ich also Witwer.‹ Er lachte unbändig und begann seine Beute einzupacken.

In diesem Moment ging ich die drei Altarstufen zu ihm hinauf und packte ihn am Arm.

›Nein‹, sagte ich, ›Sie werden diesen Kirchenraub nicht ausführen.‹

›Und wer wird mich daran hindern?‹

›Ich.‹

›Mit Gewalt?‹

›Nein, durch Worte. Gott hat seinen Dienern nicht aufgegeben, durch Gewalt die Menschen zu ihrem menschlichen Wesen zu führen, sondern durch die Überzeugungskraft des Wortes. Und wenn ich jetzt mein Halt sage, dann nicht wegen der Kirche, wir können uns andere Gefäße verschaffen, es geschieht der Sünde wegen, die Sie im Begriff sind zu begehen und die nicht wegkaufbar ist. Mein Freund, Sie werden diesen Kirchenraub nicht begehen.‹

›Sie bilden sich wohl ein, es ist mein erster?‹

›Nein, ich weiß, es ist der zehnte, zwanzigste oder dreißigste, aber was liegt daran? Bisher wußten Sie nicht wirklich, was Sie taten, aber von dieser Stunde an handeln Sie im vollen Bewußtsein der Sünde. Haben Sie nicht von Saulus gehört, der mithalf, den heiligen Stephan zu steinigen? Nun denn, er sagte, er hätte bei der Tat es wie Schuppen vor den Augen gehabt, dann sah er und wurde der heilige Paulus.‹

›Wurde der heilige Paulus nicht gehängt, Herr Abbé?‹

›Ja.‹

›Also, was hat es ihm genützt, zu sehen?‹

›Es nutzte ihm, zu sehen, daß unser Heil zuweilen darin liegen kann, ein Martyrium anzunehmen.‹

›Und in welchem Alter wurde Paulus sehend?‹

›Er war fünfunddreißig.‹

›Über das Alter bin ich hinaus. Ich bin vierzig.‹

›Es ist immer Zeit, seine Sünden zu bereuen. Jesus sagte am Kreuz zu dem Schächer neben ihm, ein Wort des Gebetes, und ich rette dich.‹

›Ach so. Du hältst also sehr auf dein Silberzeug?‹ sagte der Räuber und sah mich an.

›Nein, ich halte auf deine Seele, die ich retten will.‹

›Auf meine Seele? Du machst dich über mich lustig.‹

›Soll ich es dir beweisen?‹ sagte ich.

›Mit Vergnügen.‹

›Wie hoch schätzt du den Diebstahl, den du heute Nacht begehen willst?‹

›Auf tausend Taler‹, sagte der Räuber und sah wohlgefällig auf das Diebesgut. ›Die Sachen sind sicher das Doppelte wert, aber das werde ich nicht einlösen.‹

›Gut‹, sagte ich, ›komme zu mir.‹

›Zu dir?‹

›Ja, zu mir in das Pfarrhaus. Ich habe da fünfhundert Taler, die werde ich dir als Anzahlung geben.‹

›Und den Rest?‹

›Auf mein Priesterwort, du bekommst ihn. Meine Mutter besitzt in unserm Dorf ein bißchen Land, davon werde ich etwas verkaufen, und du bekommst das Geld.‹

›Damit du mich in eine Falle lockst!‹

›Das glaubst du doch nicht im Ernst‹, sagte ich und streckte ihm zur Bekräftigung meine Hand entgegen.

›Nun denn, ich glaube nicht daran‹, sagte er mit finsterer Miene. ›Deine Mutter ist also reich?‹

›Nein, aber wenn ich ihr sage, worum es geht, wird sie mir ihren Segen geben. Und wenn es ganz schlimm kommt, kann ich sie immer noch zu mir nehmen.‹

›Gut. Gehen wir zu dir.‹

›Vorher ist noch etwas zu erledigen. Schließe die Sachen wieder in das Tabernakel ein. Das wird dir Glück bringen.‹ Der Räuber verzog das Gesicht. Offenbar ging es ihm gegen den Strich, seine Beute wieder zurückzulegen, aber er fügte sich.

›Komm‹, sagte er.

›Mach erst noch das Zeichen des Kreuzes.‹

Er grinste, schlug aber dann doch das Kreuz. Wir verließen die Kirche und waren ein paar Minuten später in der Pfarrwohnung.

Auf dem Weg sah sich der Mann ein paar Mal besorgt um. In meiner Wohnung blieb er an der Tür stehen. Ich zündete eine Kerze an, schloß meinen Schrank auf, nahm den Geldbeutel heraus und gab ihn dem nächtlichen Eindringling.

›Und wann bekomme ich den Rest?‹ fragte er.

›In sechs Wochen‹, sagte ich, ›doch wer soll ihn bekommen?‹

›Meine Frau‹, sagte er. ›Sie darf aber nicht erfahren, welche Bewandtnis es mit dem Geld hat.‹

›Sie wird es nicht erfahren. Und du versprichst, daß du niemals mehr etwas gegen Notre Dame von Etampes noch gegen eine andere Kirche unternehmen wirst, die der heiligen Jungfrau geweiht ist?

›So wahr ich Artifaille heiße.‹

Ich machte mit der Hand ein Zeichen, daß er gehen könne. Einen Augenblick zögerte er, öffnete dann vorsichtig die Tür und verschwand.

Ich ließ mich zu einem Gebet für diesen Menschen nieder, hatte es aber noch nicht beendet, als jemand an die Tür klopfte. Ohne mich umzuwenden, rief ich ihn herein. Erst als ich mein Gebet beendet hatte, wandte ich mich um. Hinter mir stand regungslos Artifaille.

›Nimm dein Geld zurück‹, sagte er und streckte mir den Beutel entgegen. ›Und den Rest kannst du auch behalten.‹

›Wie ist es dann mit deinem Versprechen?‹

›Es bleibt.‹

›Du bereust also?‹

›Ich weiß nicht, aber ich will dein Geld nicht, das ist alles.‹

Er stellte den Beutel auf den Tisch und zögerte dann, als wolle er etwas sagen.

›Was ist mit Ihnen?‹ fragte ich. ›Reden Sie mein Freund.

Was Sie jetzt getan haben, ist gut, scheuen Sie sich nicht, auf diesem Weg fortfahren.‹

›Du verehrst die Jungfrau Maria sehr?‹

›Ja, so ist es.‹

›Und du glaubst, so sehr ein Mensch auch gesündigt habe, er könne in seiner Todesstunde durch ihre Fürbitte gerettet werden? Wenn es so ist, gib mir anstatt des Geldes irgend etwas, das mit ihr verbunden ist und das ich in der Stunde meines Todes küssen kann.‹

Ich nahm das Medaillon vom Hals und auch die goldene Kette, die mir meine Mutter nach der Geburt um den Hals gehängt hatte, und gab sie dem Mann. Er küßte das Medaillon und ging aus dem Haus.

Ein Jahr verging, ohne daß ich etwas von Artifaille hörte. Ohne Zweifel hatte er den Bereich von Etampes verlassen und ging seinem Gewerbe anderswo nach.

In dieser Zeit kam ein Brief meines Amtsbruders aus Fleury, in dem er mir schrieb, meine Mutter sei sehr krank, und ich möge in das Heimatdorf kommen. Ich nahm Urlaub und begab mich nach Fleury, wo ich sechs Wochen blieb, dann konnte ich wieder zurückreisen, meine Mutter war wieder gesund.

An einem Freitagabend war ich wieder in Etampes. Die ganze Stadt war in Bewegung. Man hatte Artifaille bei Orleans gefangen und ihn dort zum Tode verurteilt. In Etampes sollte er aufgehängt werden, da er in unserm Bezirk seine meisten Verbrechen begangen hatte. Die Hinrichtung hatte am Morgen stattgefunden.

Ich hatte es auf der Straße erfahren, im Pfarrhaus erwartete mich eine andere Nachricht. Eine Frau aus der Unterstadt habe seit dem Vortage ununterbrochen schon nach mir gefragt. Meine Rückkehr hatte ich brieflich angekündigt. In der Unterstadt kannte ich nur Artifailles Frau. Ich machte mich sofort zu ihr auf den Weg, obwohl es bereits zehn Uhr Abends geworden war.

Der Weg war nicht allzulang, ich ließ mir ihr Haus zeigen

und klopfte an die Tür. Es wurde schnell geöffnet. Artifailles Frau stand vor mir.

›Ach, Herr Abbé‹, rief sie aus. ›Sie kommen zu spät, leider, mein Mann ist ohne Beichte gestorben.‹

›Hat er sie verweigert?‹

›Nein, ganz im Gegenteil, doch er wollte keinen anderen Priester als Sie, nur vor Ihnen wollte er beichten, und wenn das nicht wäre, dann nur der heiligen Maria.‹

›Das hat er Ihnen gesagt?‹

›Ja, das sagte er, und dabei küßte er ein Medaillon an seinem Hals und bat inständig, es ihm nicht abzunehmen, denn wenn er mit diesem Medaillon ins Grab komme, dann könne das Böse keine Gewalt über seinen Körper haben.‹

›Ist das alles, was er gesagt hat?‹

›Nein, auf dem Weg zur Richtstätte sagte er mir noch, Sie würden heute Abend kommen und mich gleich nach Ihrer Ankunft besuchen.‹

›Er hat Ihnen das gesagt?‹ äußerte ich erstaunt.

›Ja, und dann hatte er noch eine letzte Bitte. Er hat gesagt, zu welcher Stunde Sie auch kämen, ich müsse Sie bitten, gleich zum Richtplatz zu gehen und dort unter seiner Leiche fünf Paternoster und fünf Ave-Maria für seine Seele zu beten. Er hat gesagt, Sie würden es mir nicht ausschlagen, Herr Abbé.‹

›Seien Sie ruhig, gute Frau‹, sagte ich, ›was in meiner Kraft steht, soll für seine Seele geschehen.‹

Ich machte mich auf den Weg. An der Stadtmauer entlang schritt ich zum Pariser Tor, das zu dieser späten Stunde allein noch geöffnet war. Mein Ziel war ein Glacis der Festung, das die ganze Stadt überragte und auf dem der Galgen stand. Man mußte dazu am Fuße eines hohen Turms vorbei, der in seiner Nähe lag und wo am Tage die Raben und in der Nacht die Eulen ihre Wohnung hatten. Unter ihren Rufen mühte ich mich durch einen schmalen Weg im Gestrüpp zu dem Glacis empor. Ich kann nicht sagen, daß ich Furcht empfand, aber aufgeregt war ich schon. Unten aus der Stadt hörte man das Klappern einer Mühle, hier oben pfiff der Wind durch die Sträucher. Mein Herz klopfte, ich hatte das Gefühl, ich würde noch etwas anderes zu sehen bekommen, als ich eigentlich erwartete. Nun war ich schon ein ganzes Stück auf die Höhe gelangt und begann den oberen Teil des Galgens zu sehen. An seinem Querbalken schaukelte Artifaille im Wind. Plötzlich blieb ich stehen. Ich konnte jetzt den ganzen Galgen überblicken. Unter ihm bewegte sich eine gestaltlose Masse, die wie ein vierfüßiges Tier aussah.

Ich blieb stehen und versteckte mich hinter einem Stein. Das Tier war größer als ein Hund und von kräftigerer Gestalt als ein Wolf. Jählings erhob es sich, und ich erkannte, es war ein Mensch.

Was wohl konnte zu dieser Stunde ein Mensch an diesem Ort verloren haben? Ich beschloß, mich ruhig zu verhalten und abzuwarten, was das zu bedeuten hätte.

In diesem Moment trat der Mond hinter einer Wolke hervor und erleuchtete die Szenerie. Ein Mann war im Begriff, eine auf dem Boden liegende Leiter an den Galgen zu stellen und nach oben zu klettern, wo Artifaille hing.

Mit schnellen Bewegungen stieg er die Leiter hinauf. Oben angelangt, bildete er mit dem Gehängten ein seltsames Paar, als umarmten der Tote und der Lebendige sich.

Plötzlich erklang ein schrecklicher Schrei. Die beiden Körper bewegten sich umeinander, und ein erstickter Hilfeschrei war zu hören. Einer der Körper löste sich vom Galgen, während der andere im Strick hängen blieb und seine Arme und Beine wild zuckten.

Ich konnte mir beim besten Willen nicht erklären, was hier vor sich ging. Mochte es nun Menschen- oder Teufelswerk sein, auf jeden Fall geschah etwas Außergewöhnliches, irgend etwas, bei dem ich nicht mehr bloßer Beobachter von einem sicheren Versteck aus bleiben konnte. Ich lief auf den Galgen zu.

Als ich in seine Nähe kam, wurden die Bewegungen des

Gehängten noch heftiger, während der andere Körper, der sich von dem Galgen losgemacht hatte, bewegungslos unter ihm lag. Ich stieg rasch die Leiter hinauf und schnitt, oben angelangt, mit meinem Messer den Strick durch, in dem der Hals des Gehängten steckte. Er fiel mit einem lauten Aufprall hinab auf den Boden, und ich kletterte eilig hinterher. Der vom Strang Geschnittene wälzte sich röchelnd auf der Erde, während der andere Körper leblos in seiner Nähe lag. Die Schlinge schnürte noch immer den Hals des um Atem ringenden Mannes ein. Ich warf mich auf ihn, hielt ihn fest und bekam so die Möglichkeit, die Schlinge aufzuziehen.

Jetzt konnte ich auch sein Gesicht sehen, und zu meiner größten Überraschung erblickte ich den Scharfrichter vor mir. Seine Augen waren aus ihren Höhlen getreten, das Gesicht bläulich angelaufen und die Kinnlade fast verdreht. Langsam begann er wieder zu Atem zu kommen. Er hustete, renkte die Schultern und sah mich dann erstaunt an.

›Oh Gott, Herr Abbé‹, sagte er erstaunt, ›Sie sind es? Was machen Sie hier?‹

›Aber Sie selbst? Was geht hier vor?‹

Er kam weiter zu sich und sah auf den leblosen Körper in unserer Nähe.

›Lassen Sie uns gehen. Herr Abbé, um des Himmels willen, lassen Sie uns gehen!‹

›Gehen Sie, wenn Sie wollen‹, antwortete ich, ›aber ich habe hier noch eine Pflicht zu erfüllen.‹

›Worin besteht die?‹

›Der Mann, den Sie heute gehängt haben, hat gewünscht, daß ich für ihn unter dem Galgen fünf Paternoster und fünf Ave-Maria für seine Seele bete.‹

›Sie werden viel zu tun haben, Herr Abbé, wenn Sie diese Seele retten wollen. Er ist der leibhaftige Satan.‹

›Der leibhaftige Satan?‹

›Ohne Zweifel. Haben Sie nicht gesehen, was er mit mir getan hat? Er wollte mich aufhängen da oben.‹

›Was, er wollte Sie aufhängen? Es schien mir eher, als hätten Sie ihm diesen traurigen Dienst erwiesen.‹

›Bei meiner Ehre. Ich glaubte, ihn aufgehängt zu haben, wie es sich gehört. Aber ich muß mich geirrt haben. Nur verstehe ich nicht, warum er nicht die Gelegenheit benutzte, als er mich in der Schlinge hatte, zu fliehen, was ist mit ihm?‹

Ich ging zu dem auf dem Boden liegenden Körper und faßte ihn an. Er war steif und kalt.

›Er ist tot‹, rief ich zu dem Scharfrichter hinüber, ›darum liegt er hier.‹

›Das ist ja noch schlimmer, weg, nur weg von hier‹, dann aber blieb er stehen.

›Nein, ich bleibe besser doch. Er könnte aufstehen und mir nachkommen. Sie sind ein Priester, Sie werden mich vor dem Teufelswerk schützen.‹

›Mein Freund‹, sagte ich zu dem Scharfrichter, ›dahinter steckt irgend etwas, lassen Sie uns darauf kommen. Sagen Sie mir, was Sie wollten?‹

Er sah sich wieder angstvoll um. ›Er rührt sich doch nicht?‹

›Nein, der arme Kerl ist wirklich tot.‹

›Ich will Ihnen sagen, warum ich gekommen bin, wenn ich lüge, wird er sich bemerkbar machen. Ich muß Ihnen zuerst sagen, daß der Bursche die Beichte abgelehnt hat und nur immer wieder fragte, ob denn der Abbé Moulle nicht endlich angekommen sei. Man verwies ihn an einen anderen Priester, doch er wollte nur Sie. Als wir auf dem Weg zum Galgen hier bei dem Turm angekommen waren, blieb er stehen und fragte mich, ob ich Sie nicht vielleicht kommen sähe, und so wieder am Fuße der Leiter: ›Kommt der Abbé Moulle nicht?‹ Es gibt nichts Langweiligeres als einen Menschen, der immer wieder dasselbe fragt.

Ich legte ihm den Strick um den Hals und drängte ihn an die Leiter und sagte: ›Steig hinauf!‹

Ohne sich groß bitten zu lassen, machte er sich auf den

Weg, doch nach zwei Dritteln sagte er: ›Einen Moment bitte, daß ich sehen kann, ob der Abbé kommt.‹

›Bitte‹, sagte ich, ›es ist nicht verboten.‹

Er suchte die Menge nach Ihnen ab, und als er Sie nicht sah, seufzte er tief. Ich glaubte, er wäre jetzt bereit und daß ich ihn nur noch fortzustoßen hätte, aber er sagte, als er meinen Entschluß bemerkte: ›Warte.‹

›Was gibt es denn noch?‹

›Ich möchte das Medaillon mit der Maria küssen, das an meinem Hals hängt.‹

›Bitte, das ist gerecht. Küsse es‹. Und ich hielt ihm das Medaillon an die Lippen. Er hatte noch etwas.

›Ich möchte mit diesem Medaillon begraben werden.‹

›Du weißt, das der Henker Anspruch auf den ganzen Nachlaß der Leute hat, an denen er seine Arbeit macht?‹

›Das geht mich nichts an. Ich will mit dem Medaillon begraben werden.‹

›Ich will, ich will ... Du nimmst den Mund sehr voll.‹

Meine Geduld war am Ende. Er war hier oben, der Hals steckte in der Schlinge, das Seil war ordentlich geknüpft.

›Zum Teufel mit dir‹, rief ich und stieß ihn von der Leiter.

›Mutter Gottes, habe Erb ... konnte er gerade noch sagen, dann erstickte der Strick Rede und Mann. Sie wissen, wie das geht. Im selben Augenblick packte ich den Strick und sprang auf die Schultern des Mannes, und im Nu war alles aus. Er hatte sich nicht zu beklagen, ich hatte meine Arbeit ordentlich gemacht und er nicht gelitten.‹

›Aber das erklärt mir nicht, warum Sie heute Nacht hierher gekommen sind.‹

›Das ist am schwersten zu erzählen.‹

›Dann will ich es Ihnen sagen, Sie sind gekommen, um ihm sein Medaillon zu nehmen.‹

›So ist es. Der Teufel hat mich in Versuchung gebracht. Ich habe mir gesagt, wenn es Nacht ist, werden wir weitersehen. Als es dunkel war, bin ich von zu Hause losgegangen. Meine Leiter hatte ich hier in der Nähe versteckt. Ich bin hierhergekommen, habe mich umgesehen, ob niemand sonst da war, bin rauf auf den Galgen und hab ihn zu mir gezogen und ...‹

›Was und?‹

›In dem Moment, da ich das Medaillon von seinem Halse hatte, packte mich der Gehängte, zog seinen Kopf aus der Schlinge, steckte meinen hinein und stieß mich von der Leiter, wie ich es mit ihm gemacht hatte.‹

›Unmöglich. Sie irren sich.‹

›Hing ich am Galgen oder nicht?‹

›Ja, freilich.‹

›Ich habe mich doch nicht selber aufgehängt. Das ist alles, was ich Ihnen sagen kann.‹

Ich überlegte einen Augenblick lang und fragte dann: ›Und das Medaillon, wo ist es?‹

›Es muß hier irgendwo auf der Erde liegen. Als ich in der Schlinge schaukelte, habe ich es fallen lassen.‹

Ich suchte den Boden unter dem Galgen ab. Nach einiger Zeit fand ich, was ich suchte. Ich nahm das Medaillon auf, ging zu dem toten Artifaille und hängte ihm das Medaillon wieder um den Hals.

In dem Moment, wo es seine Brust berührte, lief etwas wie ein Schauder über seinen ganzen Körper, und ein schneidender, beinahe schmerzhafter Schrei war zu hören. Der Scharfrichter sprang entsetzt zurück, ich aber fühlte mich unterrichtet. Ich erinnerte mich, gelesen zu haben, daß die Teufel solche Laute ausstoßen, wenn sie den Körper eines Besessenen verlassen.

Der Scharfrichter zitterte wie Espenlaub.

›Kommen Sie hierher, mein Freund‹, sagte ich zu ihm, ›und fürchten Sie nichts mehr.‹

Er näherte sich zögernd und sagte: ›Was wollen Sie von mir?‹

›Hier ist ein Toter, den Sie wieder an seinen Platz bringen müssen.‹

›Damit er mich noch einmal hängt. Niemals.‹

›Es besteht keine Gefahr mehr. Ich bürge dafür. Solange er sein Medaillon hat, werden Sie nichts zu fürchten haben.‹

›Und warum?‹

›Weil der Teufel keine Gewalt mehr über ihn haben wird, das Medaillon schützt davor. Sie hatten es genommen, und gleich war der böse Geist zur Stelle, und Sie haben erlebt, wozu er Kraft hat.‹

›Dann war der Schrei ...‹

›Eine Klage wegen der entgangenen Beute. Hängen Sie Artifaille wieder an den Haken. Die Gerechtigkeit muß ihren Lauf haben.‹

›Gut‹, sagte der Scharfrichter, ›aber Sie verlieren mich nicht aus den Augen und kommen mir bei dem geringsten Zeichen zu Hilfe.‹

›Seien Sie unbesorgt, Sie werden mich nicht brauchen.‹

Der Scharfrichter näherte sich vorsichtig dem Toten, hob ihn auf die Schulter und trug ihn zu der Leiter, dabei unablässig mit ihm redend: ›Sei ohne Furcht, Artifaille, ich nehme dir dein Medaillon nicht. Sie verlieren uns doch nicht aus den Augen. Herr Abbé?‹

›Nein, mein Freund, seien Sie unbesorgt.‹

›Du behältst deinen Talisman, Artifaille‹, fuhr der Scharfrichter schmeichelnd fort, ›sei ganz unbesorgt. Du wirst damit begraben werden, wie du es gewünscht hast. Es ist wahr, er bewegt sich nicht, Herr Abbé.‹

›Sie sehen, ich habe recht.‹

›Du wirst mit deinem Medaillon begraben werden. Inzwischen hänge ich dich auf den Wunsch unseres Herrn Abbé wieder an deinen alten Platz, denn was mich anbetrifft, so begreifst du sicher ...‹

Ich rief dem Scharfrichter zu, er solle sich beeilen. Ich konnte mich eines Lächelns nicht erwehren.

›Meiner Treu, es ist geschehen‹, sagte er und ließ den Toten los, der wieder am Haken baumelte. Er sprang im selben Augenblick zurück auf den festen Boden.

Ich kniete nieder und sprach die Gebete, die Artifaille von mir verlangt hatte.

›Herr Abbé‹, sagte der Scharfrichter, ›wären Sie so gütig, die Gebete laut und langsam herzusagen, damit ich sie nachsprechen kann?‹

›Ja, kennst du sie denn nicht?‹

›Ich glaube, ich habe sie niemals gekannt.‹

Ich betete die fünf Paternoster und die fünf Ave-Maria, und der Scharfrichter war mein Echo. Schließlich stand ich auf.

›Artifaille‹, sagte ich laut, ›ich habe für deine Seele getan, was ich tun konnte. Jetzt ist es an der heiligen Jungfrau Maria, dich anzunehmen.‹

›Amen!‹ sagte mein Begleiter.

Die Glocke unserer Kirche schlug zwölf.

›Herr Abbé‹, sagte der verängstigte Scharfrichter, ›darf ich Sie noch um eine Gunst bitten?‹

›Und welche?‹

›Mich bis zu meinem Hause zu begleiten. Erst wenn die Tür hinter mir fest zu ist, werde ich mich vor dem da oben sicher fühlen.‹

Ich willigte ein, und wir verließen das Glacis, wobei sich mein Begleiter ständig umsah, ob der Gehängte auch wirklich noch an seinem Platz war. Doch nichts rührte sich. So gingen wir zurück in die Stadt, und ich begleitete den Scharfrichter bis an sein Haus, wartete, daß er darin Licht anmachte, nahm seinen Dank entgegen und kehrte, vollkommen ruhig an Körper und Seele, in meine Pfarrwohnung zurück. Als ich am nächsten Tag erwachte, sagte man mir, daß Artifailles Frau im Eßzimmer auf mich warte.

Ihr Gesicht war ruhig, fast freudig.

›Herr Abbé‹, sagte sie zu mir, ›ich bin gekommen, Ihnen zu danken. Mein Mann ist mir gestern erschienen, als es zwölf auf der Kirchturmuhr schlug, und er sagte mir: ›Du wirst morgen früh zum Abbé Moulle gehen und ihm sagen, daß ich dank ihm und der Jungfrau Maria gerettet bin.‹«

X.
Das Armband

»Mein lieber Abbé«, sagte Aliette, »ich habe die größte Hochachtung für Sie, und das Prinzip des guten und des bösen Genius kann ich teilen, aber etwas Wichtiges, für das ich selbst ein Beispiel bin, bleibt unberücksichtigt, daß nämlich der Tod das Leben nicht tötet. Der Tod ist nur eine Art Verwandlung des Körpers. Er tötet das Gedächtnis, sonst nichts. Wenn das Gedächtnis nicht ausgelöscht werden würde, erinnerte sich jeder von uns aller seiner Wandlungen vom Anfang der Welt an.

Der Stein der Weisen ist nichts andres als dieses Geheimnis, das Pythagoras gefunden hatte und das der Graf von Saint Germain und Cagliostro wiederentdeckten. Auch ich besitze dieses Geheimnis. Ich erinnere mich, daß mein Leib vier oder fünf Mal schon gestorben ist, aber es ist noch anders, es gibt Körper, die dem nicht unterliegen, und meiner gehört dazu.«

»Herr Aliette«, sagte Doktor Robert, »wollen Sie mir eine Vollmacht für die Zukunft geben?«

»Welche?«

»Einen Monat nach Ihrem Tode Ihr Grab öffnen zu lassen.«

»Einen Monat, zwei Monate, ein Jahr, zwei Jahre, wann immer Sie wollen, nur beobachten Sie Vorsicht. Was Sie meinen Überresten antun, könnte dem neuen Körper schaden.«

»Sie glauben diese Torheiten?«

»Ich habe meine Erfahrung bitter bezahlt: Ich habe gesehen.«

»Was haben Sie gesehen? Einen dieser lebendigen Toten?«

»Ja.«

»Dann erzählen Sie uns Ihre Geschichte, wie es jeder hier

getan hat, Herr Aliette. Es würde mich wundern, wenn gerade sie mich mehr überzeugte als die anderen.«

»Das ist Ihre Sache, Doktor Robert, hier ist sie in ihrer ganzen Wahrheit.

Also, ich reiste von Straßburg in die Schweiz zu einem Badeaufenthalt und kam nach Basel, wo ich den Postwagen verlassen und mir einen Mietkutscher nehmen mußte.

In Basel erkundigte ich mich nach einer solchen Möglichkeit im Wirtshaus ›Zur Krone‹, das man mir empfohlen hatte. Auch fragte ich, ob noch jemand meinen Weg hätte, weil das angenehmer und auch billiger wäre.

Am Abend gab mir der Wirt Auskunft. Die Frau eines Basler Kaufmanns wollte auch in das Bad Louesche. Sie hatte ein drei Monate altes Kind verloren und war über diesen Schmerz erkrankt. Sie war seit einem Jahr verheiratet, und dies war ihr erstes Kind gewesen.

Mein Wirt erzählte, die Frau hätte eigentlich lieber bei ihrem Mann bleiben wollen und versucht, ihn zu überreden, mitzukommen, aber seine Geschäfte hielten ihn in Basel fest. Am Morgen kam die Frau zur ›Krone‹. Ihre Kammerjungfer begleitete sie. Es fand sich noch ein vierter Passagier ein, es war ein katholischer Priester, der Pfarrvikar an einer Kirche in einem kleinen Dorf in der Nähe von Basel war. Wir wurden Zeuge eines bewegenden Abschieds zwischen der Frau und dem Mann. Es sah aus, als begäbe sich die Frau auf eine Weltreise und nicht auf einen Weg von fünfzig Stunden. Irgendeine Ahnung mußte sie quälen.

Der Wagen setzte sich in Bewegung in Richtung Solothurn. Wir übernachteten auf halbem Wege in einem kleinen Ort. Den ganzen Tag hatte unsere Reisegefährtin einen gequälten Eindruck gemacht. Am liebsten wäre sie am Abend in einen Wagen umgestiegen, der wieder nach Basel zurückfuhr. Nur gutes Zureden ihrer Kammerjungfer hielt sie zurück.

Die Wegstrecke des nächsten Tages war kurz. Wir wollten nicht weiter als bis Solothurn. Als wir uns der Stadt näherten, forderte uns die Frau plötzlich auf, zu halten. Sie meinte, es reite uns jemand hinterher. Ich beugte mich aus dem Fenster, sah aber niemand.

›Sie irren, Madame‹, sagte ich, ›die Straße ist völlig leer.‹

›Das ist aber eigenartig‹, antwortete sie, ›ich höre doch ganz deutlich den Galopp eines Pferdes.‹

Ich sah nochmals aus dem Wagen. Niemand war zu sehen. Sie schaute nun selbst nach und sah, wie ich, eine leere Straße.

›Ich habe mich geirrt‹, sagte sie und schloß die Augen, wie jemand, der beim Nachdenken nicht gestört sein wollte.

Am nächsten Tage brachen wir sehr früh auf. Unser Ziel war Bern. Am Nachmittag, wieder gegen fünf, erwachte unsere Reisegefährtin aus einer Art Schlummer und rief dem Kutscher zu, er solle halten, diesmal irre sie sich nicht.

›Madame, Sie irren sich wieder‹, sagte der Kutscher, ›Ich sehe nur drei Bauern, die ganz ruhig gehen.‹

›Aber ich höre doch den Galopp eines Pferdes.‹

Sie sagte es so bestimmt, daß auch ich Ausschau hielt, ohne allerdings etwas zu erblicken.

›Es ist unmöglich‹, sagte ich, ›da ist kein Reiter auf der Straße.‹

›Und wie kommt es, daß ich den Schatten eines Mannes und eines Pferdes sehe?‹ Sie zeigte mit der Hand zum Fenster.

Ich blickte in die von ihr gewiesene Richtung und sah in der Tat die Schatten, suchte aber vergeblich die dazu gehörenden Körper. Ich machte den Priester auf die seltsame Erscheinung aufmerksam, der sich bekreuzigte.

Der Schatten begann immer durchscheinender zu werden und war nach einiger Zeit verschwunden.

Wir fuhren in Bern ein. Auch hier wieder äußerte sie dringlich den Wunsch, nach Basel umzukehren, und setzte doch die Reise mit uns fort, wobei sie nun so hinfällig und leidend wurde, daß sie von Thun an eine Sänfte durch das Kander Tal bis an den Kurort oben in den Bergen benutzen mußte. Fiebernd angelangt, wurde sie für mehr als vier Wochen so gut wie taub und blind.

Ihre dunklen Ahnungen waren übrigens berechtigt gewesen. Sie war kaum eine Tagereise von Basel entfernt gewesen, als ihr Mann an einer Hirnhautentzündung erkrankte, die so rasch und gewaltsam von ihm Besitz ergriff, daß er es für besser hielt, seiner Frau einen Boten nachzusenden und sie zu bitten, zurückzukehren. Aber zwischen Laufen und Breitensteinbach stürzte das Pferd, und der Reiter verletzte sich beim Fallen so schwer am Kopf, daß er nicht weiterkonnte. Es blieb ihm nur übrig, nach Basel seinen Unfall zu melden, worauf von dort ein zweiter Bote abgesandt wurde.

Die Sache stand unter einem Unglücksstern. Im Kander Tal hatte der angesichts der Berge auf sein Pferd verzichtet und sich einen Führer genommen, doch oben in den Bergen waren sie in eine Lawine geraten, und allein der Führer war wie durch ein Wunder gerettet worden.

Inzwischen nahm in Basel die Krankheit ihren schrecklichen Verlauf. Um dem armen Mann etwas Linderung zu verschaffen, legte man ihm Eisbeutel auf den Kopf, wobei sich sein langes Haar hinderlich erwies und man ihm den Kopf kahl scheren mußte. Er nahm es als ein böses Omen und schrieb seiner Frau einen Abschiedsbrief:

Liebste Berta,
ich werde sterben, aber ich will nicht ganz von Dir getrennt sein. Laß Dir aus den Haaren, die man mir eben abgeschnitten hat, ein Armband machen. Trage es bitte immer, ich habe das Gefühl, so werden wir nicht getrennt sein.

Dein Friederich.

Dieser Brief wurde einem dritten Boten mit dem Auftrag übergeben, sobald der Mann tot sei, sich damit auf den Weg zu machen.

Der Mann starb am selben Abend. Dieser Bote hatte mehr Glück, er erreichte wenigstens sein Ziel, traf dort aber die

Frau in dem völlig unzugänglichen Zustand, und erst als sie wieder gesund war, erfuhr sie die Todesnachricht. Sie blieb noch einige Wochen und reiste dann nach Basel zurück, und da auch mein Rheumatismus sich gebessert hatte, benutzte ich die Gelegenheit, mit ihr zu fahren, was sie gern annahm, hatte ich doch in Basel, wenn auch flüchtig, ihren Mann noch gesehen und war jemand, der von ihm eine Vorstellung hatte, wenn sie von ihm sprach.

Nach fünf Tagen waren wir wieder in Basel. Ihr Haus war wirklich ein Totenhaus. Da niemand das Geschäft hatte versorgen können, war es geschlossen worden. Es hatte aufgehört wie eine Uhr, die stehengeblieben ist. Der Arzt und die anderen kamen, die ihrem Mann in seinen letzten Stunden beigestanden hatten, und erzählten davon, und seine Frau erlebte die Todesstunde noch einmal. Endlich bat sie, daß man ihr die Haare ihres Gatten aushändigen solle.

Der Arzt erinnerte sich, empfohlen zu haben, sie abzuschneiden, der Barbier, seine Arbeit gemacht zu haben, aber das war auch alles. Das Haar war verschwunden.

Der Verlust traf die Frau schwer. Sie zeigte sich untröstlich. Das letzte Vermächtnis ihres Mannes war unerfüllbar. Nacht für Nacht wachte sie, kaum eingeschlafen, mit dem Gefühl einer Erstarrung auf, die am Arm begann und sich bis zum Herzen ausbreitete. Genau an der Stelle, wo sie das Armband aus Haaren getragen hätte, begann der eiserne Druck. Die Frau sah das als ein Zeichen, das der Mann ihr aus dem Grab geben wollte. Sie wußte sich nicht anders zu helfen, als das Grab in der Hoffnung öffnen zu lassen, vielleicht noch ein Haar auf dem Kopf des Gatten zu finden, aus dem sich ein Armband flechten lasse.

Ohne mit jemanden darüber zu sprechen, schickte sie nach dem Totengräber, doch der, der ihren Mann begraben hatte, war selber gestorben, und der neue wußte nicht, wo das Grab ihres Mannes war.

Jetzt ging sie auf den Friedhof, setzte sich auf eines der Gräber und wartete auf ein ähnliches Zeichen, wie es die arme Frau auf der Reise empfangen hatte, die sie von ihrem Mann in der Stunde seiner letzten Not wegführte.

Auf die Friedhofsmauer war ein Totentanz gemalt. Sie blickte ihn lange an, und nach einiger Zeit erschien es ihr, als weise der Tod auf eines der Gräber in der Nähe. Sie ging zu ihm, und sie hatte den Eindruck, die Figur des Todes habe ihre ursprüngliche Stellung wieder eingenommen. Sie markierte das Grab und holte den Totengräber, die Stelle zu öffnen.

Ich war ihr einziger Zeuge, denn ich hatte sie nicht aus den Augen gelassen.

Der Totengräber machte sich an seine Arbeit. Als er auf den Sarg stieß, zögerte er, den Deckel zu öffnen.

›Öffnen Sie ihn, es ist das Grab meines Mannes‹, sagte die Frau bestimmt.

Er gehorchte, und es zeigten sich einige der überraschendsten Dinge, die ich jemals gesehen habe. Sie hatte nicht nur das Grab richtig bestimmt, der Tote schien, abgerechnet einer unendlichen Blässe, noch zu leben, und die Haare waren so außerordentlich gewachsen, daß sie aus dem Sarg drangen. Die Frau beugte sich über den Toten und küßte ihn. Sie schnitt von den Haaren einige Locken und ließ sich daraus ein Armband machen.

Von diesem Moment an hörte der nächtliche Druck auf. Er machte sich nur bemerkbar, wenn ihr Gefahr drohte.«

Am Ende dieser Erzählung machte sich die bleiche Frau in unserer Mitte mit einem seltsamen Klang in der Stimme bemerkbar: »Glauben Sie, daß der Tote wirklich tot war? Ich nicht. Haben Sie nicht vielleicht davon gehört, daß er außerhalb seines Grabes getroffen wurde? Daß jemand von ihm berührt und dadurch Schaden genommen hätte?«

»Nein«, sagte Aliette, »ich verließ bald die Schweiz.«

»Sie hätten bleiben sollen«, sagte Doktor Robert, »unsere Madame Gregoriska hier ist im Begriff, aus dem guten Basler Kaufmann einen transsylvanischen Vampir zu machen.«

Robert wandte sich direkt an die Gregoriska: »Haben Sie

denn zufälligerweise bei Ihrem Aufenthalt in den Karpaten Vampire gesehen?« Der Doktor lachte.

»Hören Sie«, sagte die bleiche Dame feierlich, »da hier jeder eine Geschichte erzählt hat, will ich keine Ausnahme machen. Und ich bitte, mir nicht meine Wahrheit zu bestreiten, Doktor Robert. Sie werden erfahren, was Ihnen die Wissenschaft bis jetzt nicht gesagt hat und was es mit meiner Blässe auf sich hat.«

Als sie das sagte, sah sie in dem fahlen Dämmerlicht, das durch die Fenster drang, wie eine steinerne Statue aus. Das Schweigen im Raum forderte sie auf, zu erzählen.

XI.
Die Karpatengebirge

»Ich bin eine Polin, meine Heimatstadt heißt Sandomir. In dem Landstrich, aus dem ich komme, gibt es viele Legenden und Sagen, und sie gelten dort wie Glaubensartikel. An die Familienüberlieferungen glaubt man beinahe mehr noch als an das Evangelium.

Es gibt kein Schloß bei uns, zu dem nicht ein Gespenst gehört, und auch in den Katen hat man seinen Hausgeist. Ob arm, ob reich, überall weiß man, daß es zwei große Prinzipien gibt, das Prinzip der Freundschaft und das der Feindschaft. Auch in der Welt der Geister.

Wenn sie gegeneinander stehen, hört man das Geräusch des Kampfes in den Korridoren der Schlösser, den Burgtürmen, und die Mauern erbeben so entsetzlich, daß Bauern und Adlige in die Kirchen laufen, um sich mit geweihten Kreuzen gegen den Spuk zu versehen.

Aber das Land schüttelte ein weit schlimmerer Gegensatz noch, ein Krieg zwischen Tyrannei und Freiheit. Im Jahre 1825 tobte zwischen Rußland und Polen ein Kampf, der das Volk zu Tode erschöpfte.

Mein Vater und meine Brüder hatten sich dem Aufstand gegen den neuen russischen Zaren angeschlossen und fochten unter der Fahne der immer wieder mißachteten und immer wieder neu errungenen polnischen Unabhängigkeit.

Eines Tages erreichte mich die Nachricht, mein jüngster Bruder sei im Kampf gefallen, und schon vierundzwanzig Stunden später traf die Hiobsbotschaft ein, auch mein älterer Bruder sei tödlich verwundet worden.

Es war einige Zeit vergangen, als beständig näher kommender Kanonendonner heraufzog und uns mit Schrecken erfüllte. Plötzlich sahen wir meinen Vater mit einer Schar von ungefähr hundert Reitern sich dem Schloß nähern. Es war der Rest von dreitausend Mann, die er in den Kampf geführt hatte. Er wollte sich in unserem Schloß verbarrikadieren und hier in einem letzten Gefecht ehrenvoll untergehen.

Mein Vater fürchtete nichts, aber mein Schicksal machte ihm Angst. Er hatte sich für den Tod entschlossen. Lebendig in die Hände seiner Feinde zu fallen, war für ihn undenkbar. Doch auf mich sah er Sklaverei, Schändung, Ehrlosigkeit zukommen. Unter den hundert Leuten, die meinem Vater geblieben waren, wählte er zehn für einen besonderen Auftrag aus. Ihn leitete dabei das Schicksal meiner Mutter.

In einer ähnlich schrecklichen Zeit, in den Jahren der zweiten polnischen Teilung, hatten sie ihre Eltern im Kloster Sahastru in den Karpaten versteckt. Sie war damals fast noch ein Kind gewesen. Mein Vater dachte daran, mich dorthin bringen zu lassen. Die Mutter war in Sahastru geborgen gewesen, der Tochter sollte es ähnlich gehen.

Er rief den Haushofmeister, gab ihm alles an Gold und Wertsachen, was wir besaßen, und schickte ihn mit auf die gefährliche Reise. Man sattelte mir unser sicherstes Pferd, der Vater gab mir seine Pistolen – wunderschöne Stücke aus Tula –, und dann wurde der Aufbruchsbefehl gegeben.

In der Nacht und am folgenden Tage legten wir zwanzig Meilen zurück. Wir folgten dem Ufer eines der namenlosen

Flüsse, die in die Weichsel münden. Dieser Gewaltritt brachte uns aus dem Bereich der Russen.

Beständig hatten wir die Karpaten vor uns gesehen, erst ihre schneebedeckten Gipfel, dann erreichten wir ihren Fuß, und am Morgen des dritten Tages betraten wir eine ihrer Schluchten.

Unsere Berge sind wild und majestätisch. Die Gipfel reichen bis in die Wolken und spiegeln sich mit unermeßlichen Tannenwäldern in kristallklaren Bergseen, die wir Meeraugen nennen. Es gibt darauf keine Boote und an den Ufern keine Fischer. Menschliche Stimmen sind selten zu hören und wenn, dann muß das Echo sich erinnern, was es eigentlich ist, denn es hat beinahe nie Gelegenheit, sich auszuprobieren.

Überall lauert dort Gefahr, und sie setzt sich aus hunderterlei Gefahren zusammen. Plötzlich stürzen Lawinen herab oder morsche Bäume, Wirbelstürme drohen oder Berggewitter, Steine lösen sich, und Bären und Wölfe lauern.

Die Berge ziehen sich von Horizont zu Horizont. Man hat das Gefühl, ein endloses steinernes Meer zu überblicken, und es geht davon die unendliche Melancholie des ewig Gleichen aus. Meilen über Meilen ähnelt sich die Landschaft, in der man vergebens nach einem gebahnten Weg sucht. Wie in einer Wüste kommt man sich vor, denn alles Vorwärtsstreben scheint sinnlos zu sein, da es nirgendwo hinführt, zu keinem Dorf, keiner Hütte, keinem Schloß, keine Spur einer menschlichen Behausung will sich finden. Berg für Berg ist zu überwinden, und das dauert fort, bis die Gebirgskette sich endlich erschöpft hat und niedriger wird.

Ist man aus ihr herausgetreten und blickt nach Süden, schaut man auf ein höheres Gebirge noch, das reicher wirkt. Wälder überziehen es überall, Bäche durchschneiden es, und das wechselvolle Spiel von Licht und Schatten belebt die Landschaft. Man hört die Glocken von Einsiedeleien und sieht Menschen, die sie durchqueren. Schließlich trifft man Dörfer und Weiler, deren Häuser sich aneinander schmiegen wie eine Herde, der Gefahr droht. Doch es sind nicht Bären und Wölfe, die drohen. Es sind Räuberbanden.

Wir näherten uns indessen unserem Ziel. Zehn Tage waren wir unterwegs und hatten sie glücklich ohne einen Zwischenfall überstanden. Wir konnten bereits den Gipfel des großen Berges sehen, unter dem das Kloster Sahastru liegt. Drei Tagesmärsche waren es jetzt noch bis dort.

Es war Ende Juli und der Tag glühend heiß gewesen. Wir waren froh, daß nun am Nachmittag die Hitze nachzulassen begann. Langsam traten wir aus dem Gebirge auf eine Ebene hinaus. Von dem Punkt, an dem wir waren, sah man die Bistriza, gesäumt von blumenüberwachsenen Ufern. Wir ritten einen Höhenweg entlang, der an einer Seite steil abfiel und so schmal war, daß die Pferde nur wenig Platz hatten, nebeneinander zu gehen.

Unser Führer ritt voraus und sang eine Art Volkslied mit einer monotonen Melodie. Mich berührte das Lied. Mir schien, als hätte der Sänger es sich selber ausgedacht. Die Worte konnte ich mir merken, nicht die Melodie. Sie war von einer wilden Traurigkeit, wie sie den Leuten da oben eigen ist.

Das Lied erzählte von einem Räuber, der sengend und mordend durch das Land gezogen war und ein Mädchen betrogen hatte, das Marie hieß. Nun war der Räuber tot. In einer sumpfigen Gegend hatte er sein Ende gefunden. Eine Kugel war ihm ins Herz gedrungen, und in seinem Hals steckte ein türkischer Krummsäbel. Drei Tage schon lag er starr und stumm unter einer Fichte, und sein Blut hatte ihre Wurzeln getränkt. Das Lied warnte vor dem toten Räuber, denn er war ein Vampir geworden. Selbst Wolf und Geier hielten sich von ihm fern. Der Mann hatte gerade mit seinem Lied geendet, als ein Schuß knallte und eine Kugel heranpfiff. Unser Führer zuckte zusammen und fiel von seinem Pferd, und noch ehe wir bei ihm sein konnten, stürzte er in den Abgrund.

Im selben Moment erhob sich ein Geschrei, und hinter

einer Felsnase sprangen an die dreißig Räuber hervor. Meine Begleiter griffen nach ihren Waffen, und obwohl uns der Überfall wie ein Blitz aus heiterem Himmel getroffen hatte, verteidigten sich meine Leute tapfer. Auch ich zog meine Pistole und rief: Vorwärts! Mein Pferd bäumte sich unter den Sporen auf und stürmte in Richtung der Ebene.

Doch wir hatten es mit Gebirgsbewohnern zu tun, die wie die Gemsen von Fels zu Fels sprangen, dabei zu schießen verstanden und immer an unserer Seite blieben. . .

Man mußte unseren Zug länger schon beobachtet und sich eine günstige Stelle für den Überfall ausgesucht haben. An einer Stelle, wo sich der Weg zu einem ziemlich großen Platz verbreiterte, lauerte uns ein junger Mann an der Spitze von etwa zehn Berittenen auf. Als sie uns erblickten, setzten sie ihre Pferde in Galopp und sprengten auf uns zu. Wir waren nun von allen Seiten umringt, die Lage war sehr gefährlich.

Von meiner Kindheit her an Krieg und Kampf gewöhnt, war ich trotz der Lage einigermaßen ruhig und konnte mir den Anblick der Leute einprägen.

Alle Männer waren in Schaffelle gehüllt und trugen runde, mit Blumen bekränzte Hüte. Jeder hatte eine lange türkische Flinte, die er grimmig schwenkte, und in den Gürteln steckten Pistolen und Krummsäbel.

Der Räuberhauptmann war ein junger Mann von Anfang Zwanzig. Er war sehr blaß, und sein Gesicht stand in auffälligem Gegensatz zum Schwarz seiner Augen und seines langen, lockigen Haares. Er trug einen mit Pelz besetzten kurzen Mantel, der in der Hüfte von einer seidenen Schärpe zusammengehalten wurde, in der auch seine Pistolen steckten.

Während des Kampfes hatte er heisere, unverständliche Laute ausgestoßen, die keiner menschlichen Sprache anzugehören schienen, doch seine Leute verstanden ihn. Sie warfen sich zu Boden, um den Kugeln der Soldaten auszuweichen, standen auf, um selbst zu feuern, und sie taten dies ohne Gnade, der Kampf wurde zu einem Gemetzel.

Zwei Drittel meiner Leute waren gefallen, und die vier, die noch am Leben waren, nahmen mich in ihre Mitte. Sie hatten nicht die Absicht, sich zu ergeben und dachten nur daran, ihr Leben so teuer wie möglich zu verkaufen.

Der Hauptmann stieß einen scharfen Schrei aus und zeigte mit der Spitze seines Säbels auf uns. Offensichtlich sollte nun ein Ende mit uns gemacht werden. Die langen Flinten starrten uns von allen Seiten an, und in ihrem Feuer mußten wir sterben.

Unsere letzte Stunde war gekommen. Ich wollte mit einem Gebet Abschied nehmen von der Welt und faltete die Hände. In diesem Augenblick stürzte, von Stein zu Stein springend, ein anderer junger Mann die Berglehne herab auf den Kampfplatz. Ziemlich unten schon, blieb er auf einem der Felsen stehen und rief nur ein einziges Wort: ›Genug‹. Alle wandten ihre Augen in die Richtung, aus der der Ruf gekommen war, und gehorchten diesem neuen Herren sofort. Einer der Räuber schoß seine Flinte dennoch ab und traf einen meiner Leute in den linken Arm.

Er raffte sich auf, um sich zu verteidigen, aber bevor er noch die ersten Schritte getan hatte, zischte eine Kugel durch die Luft und traf den ungehorsamen Räuber in den Kopf. Er fiel tot zu Boden.

Ich war am Rande meiner Kräfte, und meine Nerven waren völlig erschöpft. Ich fiel in Ohnmacht.

Ich weiß nicht, wie lange ich besinnungslos war; als ich wieder zu mir kam, lag ich im Gras und mit dem Kopf auf dem Schoß eines Mannes. Seine Hand stützte mich, und ich sah von ihm nur diese mit Ringen geschmückte, weiße Hand. Besser sah ich den Hauptmann, der den Angriff gegen uns geleitet hatte. Er stand mit verschränkten Armen vor mir. Den Krummsäbel hielt er in der Hand.

›Kostaki‹, sagte der Mann, der mich stützte, befehlend in Französisch zu dem Anführer der Räuber, ›du wirst sofort deine Leute zur Vernunft bringen. Und diese Frau hier nehme ich in meine Obhut.‹

›Bester Bruder‹, sagte der andere, und man merkte seiner Stimme an, daß er sich mit Mühe beherrschte, ›bester Bruder, sieh dich vor, den Bogen zu überspannen. Auf dem Schloß bist du der Herr. Hier aber befehle ich. Und wenn du es nicht verstehen willst, kann ich es dir auch zeigen.‹

›Kostaki, vergiß nicht, ich bin der Erstgeborene, und in dessen Händen ist das erste Recht. Mein Wort gilt im Schloß wie hier in den Wäldern. Ich bin wie du aus dem Geschlecht der Brancovans, und ich weiß zu befehlen.‹

›Du kannst deinen Dienern befehlen, Gregoriska, aber nicht meinen Soldaten.‹

›Deine Soldaten sind nichts als Räuber, Kostaki, und wenn sie nicht gehorchen, werde ich sie aufknüpfen lassen.‹

›Schön, versuche doch, sie unter deinen Befehl zu bringen.‹

Der Mann, der mich hielt, ließ mich vorsichtig los und ließ mich ebenso sanft in das Gras gleiten. Er stand auf, und nun erkannte ich den jungen Mann, der den Berg herabgestürmt war und in letzter Minute unsere Leben gerettet hatte. Jetzt erst konnte ich ihn mir genauer ansehen, da ich im Moment seines Dazwischentretens ohnmächtig geworden war.

Auch er war, wie der Räuberhauptmann, Anfang zwanzig, aber doch vielleicht zwei, drei Jahre älter als der mit Kostaki angesprochene Mann. Er war auch größer als jener, und in seinen blauen Augen spiegelten sich außerordentliche Entschlossenheit und Festigkeit. Lange blonde Haare fielen ihm auf die Schultern, und in seinem Gesicht war ein überlegenes Lächeln. Er trug eine Art Tunika aus schwarzem Samt und auf dem Kopf eine kleine Mütze, an deren Rand eine Adlerfeder steckte. Die Stiefel zierten Stickereien. Bewaffnet war er, wie alle hier, reichlich und gut. Im Gürtel steckte ein Hirschfänger, und über der Schulter trug er eine Doppelflinte, deren Wirkung der Räuber, der jetzt tot auf dem Boden lag, hatte spüren müssen.

Er machte eine gebieterische Handbewegung und sprach

ein paar Worte in der Landessprache. Sie machten auf die Räuber einen tiefen Eindruck.

Der Hauptmann entgegnete etwas, und ich hörte heraus, das seine Rede mit Drohungen und Verwünschungen untermischt war. Er sprach recht lange, aber sein Bruder antwortete nur mit einem einzigen Wort. Die Räuber verneigten sich. Auf einen Wink stellten sie sich mit uns in eine Reihe.

›Nun denn, es sei so‹, sagte Kostaki wieder auf Französisch, ›diese Frau wird nicht mit in unser Lager genommen werden, Gregoriska, aber sie wird mir trotzdem gehören. Sie gefällt mir, ich habe sie gefangen, und ich will sie!‹

Bei diesen Worten stürzte er auf mich zu und riß mich an sich.

›Sie kommt auf das Schloß und zu meiner Mutter‹, antwortete mein Beschützer. ›Ich werde sie nicht aus den Augen lassen.‹

›Sofort mein Pferd‹, rief Kostaki.

Einige der Räuber stürzten davon und holten das Pferd. Gregoriska blickte um sich, nahm ein herrenloses Pferd beim Zügel und schwang sich in den Sattel. Auch Kostaki saß auf seinem Pferd, und mit mir in den Armen sprengte er davon. Kopf an Kopf galoppierten die Pferde der beiden Männer durch den Wald. Die Reiter saßen schweigend und mit finsterem Gesicht im Sattel und verloren sich keinen Augenblick aus den Augen, obwohl sie vermieden, sich anzusehen. Ja, es hatte den Anschein, als bestimmten sie gar nicht mehr den Weg, sondern es sei den Pferden überlassen, wohin es mit uns ging. Kostaki umklammerte mich, und mein Blick suchte die Augen von Gregoriska. Kostaki sah mich düster und wütend an. Ich schloß die Augen, aber es war vergebens, dieser Blick, der mir Angst machte und das Herz zuschnürte, blieb. Eine seltsame Vorstellung überkam mich. Mir fiel die Ballade eines deutschen Dichters ein, die von einem gespenstischen Reiter und dem Mädchen Lenore handelte, das auf einem wilden Pferd von dem unheimlichen Mann in sein Schicksal fortgeschleppt wurde, und als wir endlich hielten, fürchtete ich mich, die Augen zu öffnen, so sehr war ich überzeugt, jetzt bei den Gräbern und Totenkreuzen angelangt zu sein, von denen in der Ballade die Rede war.

Was ich sah, war nicht freundlicher. Es war der Innenhof eines alten Schlosses, das einen seltsam unbehausten Eindruck machte, obwohl nach allem, was sonst zu sehen war, hier unzweifelhaft Menschen lebten.

XII.
Das Schloß der Brancovans

Kostaki ließ mich aus seinen Armen auf den Boden gleiten und sprang mir vom Pferd hinterher. Alles war sehr schnell gegangen, und doch hatte Gregoriska eher auf dem Boden des Schloßhofes gestanden.

Es konnte kein Zweifel sein, hier war Gregoriska der Herr. Es war genauso, wie er es gesagt hatte.

Augenblicklich waren wir von einer großen Schar von Dienern und Knechten umringt, die auf die Rückkehr der beiden Männer die ganze Zeit gewartet haben mußten. Obwohl sie das Paar scheinbar mit gleicher Aufmerksamkeit behandelten, so fühlte man doch, daß sie Gregoriska unmerklich auszeichneten.

Zwei Frauen näherten sich mir, und Gregoriska gab ihnen einen Befehl in der Landessprache, wobei er mir ein Zeichen mit der Hand machte, den Frauen zu folgen. Ich spürte, daß ich ihm vertrauen konnte, und zögerte nicht, mit den Frauen zu gehen. Einige Minuten später war ich in einem Zimmer, das, so unwohnlich und kalt es mir vorkam, augenscheinlich das beste Zimmer des Schlosses war.

Es war sehr groß, und ein grüner Diwan, der am Tage als Sofa, in der Nacht als Bett diente, nahm sich darin recht verloren aus. Sechs Eichenholzsessel, eine große Truhe und eine Art Kirchenstuhl unter einem Thronhimmel vervollständigten die Einrichtung. Die Fenster hatten keine Vorhänge.

Wir waren zu diesem Zimmer auf einer Treppe mit Nischen an den Seiten hinaufgestiegen, in denen überlebensgroße Statuen der Brancovans standen. Es mußte die Ahnengalerie des Schlosses sein.

Die Frauen ließen mich allein, doch nach kurzer Zeit klopfte es an meiner Tür, und sie brachten mir das wenige Gepäck, das ich bei mir gehabt hatte. Sie wollten mir beim Umkleiden behilflich sein, doch da war wenig zu tun. Ich behielt meinen Reitanzug an, säuberte und glättete ihn, so gut es ging und hatte das Gefühl, daß es für diese Umgebung hier wohl das beste Kostüm war. Kaum war ich mit dieser bescheidenen Arbeit fertig – die Frauen hatte ich aus dem Zimmer geschickt –, klopfte es leise an meiner Zimmertür. Auf mein ›Herein‹ trat Gregoriska ein. Ich hatte es in französischer Sprache gesagt, die wir Polen als unsere zweite Muttersprache betrachten.

›Ah, Madame, ich bin sehr erfreut, daß Sie Französisch sprechen‹, sagte Gregoriska.

›Und auch ich bin sehr erfreut‹, antwortete ich, ›wurde ich dadurch doch Zeuge, wie sie mich gegen Ihren Bruder verteidigten, denn Sie bedienten sich dabei dieser Sprache, wohl um ihn nicht vor seinen Kumpanen zu demütigen und seine Empfindlichkeit zu schonen. In dieser Sprache danke ich Ihnen auch für das, was Sie für mich und meine Leute getan haben.‹

›Es war meine Pflicht, Madame, mich für eine Frau in Ihrer Lage einzusetzen. Ich jagte im Gebirge, als ich dieses beständige und sich wieder unterbrechende Schießen hörte, und ich war mir gewiß, daß es sich um einen Kampf, einen Überfall handeln mußte. Ich eilte in Richtung dieses Gewehrfeuers und kam – dem Himmel sei Dank – noch zur rechten Zeit.

Aber Sie werden mir erlauben, Madame, zu fragen,

was eine Frau von Stande wie Sie denn um alles in der Welt in dieses abgelegene und gefährliche Gebirge gebracht hat?‹

›Ich bin eine Polin auf der Flucht, mein Herr‹, antwortete ich. ›Meine beiden Brüder sind in dem Kampf mit Rußland gefallen, und mein Vater wird, wenn nicht ein Wunder geschehen ist, in dieser Stunde wohl auch tot sein. Ich verließ ihn, als er sich vor den Russen in unser Schloß zurückzog, um dort, wo er geboren wurde, auch zu sterben. So schrecklich sein Schicksal ist, so ist er doch wohl glücklich zu nennen, da es der Herzenswunsch meines armen Vaters war, auf dem Schloß der Väter zu sterben.

Sein Ende vor Augen und den Feind nur noch wenig von uns entfernt, wollte er, daß ich fliehe und Zuflucht im Kloster Sahastru suche, das unter ähnlichen Umständen schon einmal meine Mutter aufgenommen und geschützt hatte.‹

›Sie gehören also zu den Freiheitskämpfern‹, sagte der junge Mann, ›das ist etwas Besonderes, und es wird Ihnen hier im Schloß Freunde machen. Unsere Familie hat eine ähnliche Geschichte.

Doch gestatten Sie, daß ich uns, nachdem Sie sich vorgestellt haben, nun auch vorstelle. Der Name Brancovan wird Ihnen vielleicht nicht fremd sein, Madame?‹

Ich nickte zustimmend.

›Meine Mutter ist die letzte Fürstin dieses Geschlechtes, nachdem einer der Höflinge von Zar Peter I. das einzige männliche Oberhaupt der Familie damals hatte umbringen lassen. Sie heiratete Serban Waivady, der mein Vater wurde. Er war in Wien erzogen worden, und er wollte mich in den Bequemlichkeiten der europäischen Zivilisation aufwachsen sehen. So ging er mit mir nach Frankreich, Italien, Spanien und Deutschland.

Nun muß ich Ihnen etwas erzählen, über das man eigentlich schweigt, besonders ein Sohn, wenn es sich um seine Mutter handelt, doch die Stunde scheint es mir zu fordern, und wenn Sie hören, was ich Ihnen zu erzählen habe, werden Sie vielleicht billigen, daß ich die Regel breche.

Ich war noch recht jung, als meine Mutter den Hauptmann einer Schar von Parteigängern kennenlernte, so nennt man in dieser Gegend vornehm die Leute, die Sie überfallen haben‹, Gregoriska lächelte, ›und mit ihm sich in eine Beziehung einließ. Mein Vater war ja mit mir auf Reisen. Der andere war ein Mann, der sich Graf Giordaki Koproli nannte, zur Hälfte war er ein Grieche, zur Hälfte war er ein Einheimischer. Meine Mutter schrieb in einem Brief meinem Vater die Wahrheit und verlangte die Scheidung. Sie sagte ihm auch, daß Bindung Bindung ist und man sie nicht erhält, wenn man nicht weiß, daß man dafür zusammenleben muß, er war ja immer darauf bedacht, in andere Länder zu reisen. Ich glaube, es war die Wahrheit, doch gibt es im Leben ja nicht immer nur die eine Wahrheit. Ich denke, in meiner Mutter war auch eine Sehnsucht nach dem Fremden, dem Ungewöhnlichen, und sie konnte das durch die Umstände unseres Lebens leicht in das Kostüm jedermann einleuchtender Gefühle und Gründe kleiden, auch vor sich selbst. Eine Antwort kam von meinem Vater nicht. Er brauchte sich nicht mehr auf das Verlangen meiner Mutter einzulassen, denn er war inzwischen an einer Geschwulst gestorben, an der er schon lange litt.

An Stelle meines Vaters mußte ich antworten. Ich teilte ihr den Tod des Vaters mit und wünschte ihr Glück für die neue Verbindung. Schließlich bat ich sie um die Erlaubnis, meinen Aufenthalt in der Ferne fortsetzen zu dürfen, was mir meine Mutter gewährte.

Ich hatte die feste Absicht, entweder in Deutschland oder in Frankreich zu bleiben, denn es war mir unmöglich, einen anderen Mann an der Seite meiner Mutter zu akzeptieren als meinen Vater. Sie hatte gegen die Natur gehandelt; so war mir, als hätte ein Unglück seinen Anfang genommen, dessen Ende ich noch nicht kannte und das ich auch jetzt noch nicht absehe. Für ein Kind gibt es nur einen Vater. Das Unglück hatte allerdings schon sein erstes Kapitel in der Heimat geschrieben. Die Kosaken meines Vaters hatten den fremden Mann ermordet. Graf Giordaki Koproli war tot.

Ich beeilte mich zurückzukehren, denn ich liebte ja auch Mutter. Ich fühlte, wie einsam sie sein mußte und daß sie in dieser Stunde die Menschen brauchte, die ihr nahe waren. Ich glaube nicht, daß meine Mutter mich jemals besonders zärtlich liebte, aber ich war ihr Sohn. Eines Morgens traf ich auf dem väterlichen Schloß ein.

Ich begegnete dort einem jungen Menschen, nicht ganz so alt wie ich, den ich anfangs für einen Fremden hielt, bis ich zu meiner Überraschung erfuhr, er sei mein Bruder.

Es war Kostaki, den meine Mutter empfangen hatte, als das Band zwischen meinem Vater und ihr noch galt. Kostaki war nach dem Tod meines Vaters in der zweiten Ehe, die sie mit Koproli schloß, legitimiert worden. Und dieser Kostaki ist das wilde Geschöpf, das Sie erlebt haben und das allein seinen Leidenschaften lebt und dem nichts auf dieser Welt heilig ist als seine Mutter.

Ihr gehorcht er, wie der Tiger dem einen, der ihn gebändigt hat, aber wohl doch mit seinem Instinkt, eines Tages alles abzuwerfen und nur er selbst zu sein. Er verbirgt es nicht. Hier im Schloß bin ich der Herr, doch draußen in den Bergen und Wäldern ist er der Mann mit dem ungezügelten Drang, alles seinem Willen zu unterwerfen.

Warum hat er heute nachgegeben? Warum sind seine Leute mir gefolgt? Ich weiß es nicht. Vielleicht ist es ein Rest von Gefühl, wie Menschen eigentlich miteinander leben sollten. Ein wenig davon erhalten in dennoch geachteten Sitten, ich bin ja der Ältere. Was, wenn ihr Halt zerbricht? Ich möchte es nicht probieren.

Bleiben Sie in diesem Zimmer, in diesem Schloß, hier stehe ich für alles ein; verlassen Sie es, kann ich nichts mehr für Sie tun, als mich im Kampf töten zu lassen.‹

Ich war tief erschreckt, und es schien mir das beste, das

Schloß zu verlassen und zu versuchen, endlich in das Kloster Sahastru zu gelangen. Meine Flucht in das Kloster hatte einen Grund mehr. Gregoriska hörte mir besorgt zu.

›Tun Sie es, versuchen Sie es, befehlen Sie es‹, sagte er, ›ich werde Sie begleiten, an Ihrer Seite sein, doch Sie, Sie ... Sie werden nicht ankommen.‹

›Aber was dann?‹

›Hierbleiben, die Umstände benutzen, eine Möglichkeit abwarten. Gehen Sie davon aus, das Sie in eine Räuberhöhle gefallen sind und daß nur Ihr Mut und Ihre Kaltblütigkeit Sie befreien können.

Meine Mutter ist gut und großzügig, trotz Kostaki, dem Sohn ihrer Liebe. Außerdem ist sie eine Brancovan, sie lebt in der Tradition einer großen Familie. Sie werden erleben, Sie wird Sie vor Kostaki schützen. Sie sind schön, und sie wird Sie lieben, denn sie liebt das Schöne. Wer vermöchte sich diesem Zauber zu entziehen.‹

Gregoriska sah mich mit einem besonderen Blick an.

›Und nun?‹ fragte ich ihn.

›Kommen Sie jetzt mit in den Speisesaal, man erwartet uns. Zeigen Sie weder Verlegenheit noch Mißtrauen, lassen Sie sich ihre Gedanken nicht anmerken, und sprechen Sie Polnisch, niemand hier versteht diese Sprache. Ich werde Ihre Worte meiner Mutter übersetzen, und – seien Sie ohne Sorge – ich werde nur das sagen, was zu sagen nötig ist und Ihnen nicht schadet. Lassen Sie nicht sichtbar werden, daß wir uns verständigt haben. In diesem Schloß herrschen List und Verstellung. Kommen Sie nun.‹

Wir gingen gemeinsam die Treppe hinunter, die jetzt Fakkeln erleuchteten, die in an den Wänden angebrachten eisernen Händen steckten.

Offensichtlich hatte man dieses ungewöhnliche Schauspiel für mich inszeniert.

Wir kamen in den Speisesaal.

Gregoriska öffnete die Tür und sagte beim Eintreten in der Landessprache ein Wort, von dem ich nachher erfuhr, daß es *die Fremde* hieß. In diesem Moment schritt eine große Frau auf uns zu. Es war die Fürstin Brancovan.

Sie trug ihr weißes Haar in einem Ring um ihren Kopf geflochten, den eine Mütze aus Zobelpelz bedeckte. Ihren Körper umhüllte eine Art Tunika aus Goldbrokat, die mit Edelsteinen bedeckt war. Ein Rosenkranz glitt unentwegt durch ihre Finger, als sie auf uns zuschritt. Auch Kostaki hatte sich umgezogen und einen grünsamtenen Rock mit weiten Ärmeln und Stiefel aus feinem schwarzen Saffianleder angelegt. Es war ein seltsamer Gegensatz zu seinem Aussehen bei dem Überfall.

Er begrüßte mich linkisch und sprach einige mir unverständliche Worte in seiner Sprache zu mir.

›Du kannst Französisch sprechen, mein Bruder‹, sagte Gregoriska zu ihm, ›Madame ist Polin und versteht diese Sprache.‹

Kostaki sprach jetzt einige französische Worte, aber sie waren fast ebenso unverständlich wie das, was er eben gesagt hatte. Seine Mutter unterbrach ihn mit einer Armbewegung. Es war augenscheinlich, daß sie den Söhnen bedeuten wollte, es sei an ihr, mich zu empfangen.

Nun begann sie zu sprechen, und es war wohl eine Begrüßungsrede, die ich wegen der fremden Sprache nicht verstand, deren Sinn aber auf ihrem Gesicht abzulesen war. Sie wies auf den Tisch, bot mir einen Platz neben sich an und umschloß dann mit einer Gebärde das ganze Haus, um damit anzudeuten, es stünde mir zur Verfügung, schließlich schlug sie ein Kreuz und begann zu beten. Nach dem Gebet nahmen wir unsere Plätze nach einer bestimmten Rangfolge ein. Ich saß zwischen Gregoriska und seiner Mutter Smeranda, und ihr zur Rechten saß Kostaki, der so zu einem Ehrenplatz gekommen war. Auch ein paar andere Hausgenossen saßen mit zu Tisch, jeder nach seiner Stellung.

Das Abendessen verlief traurig und glanzlos. Gelegentlich sagte Kostaki etwas zu mir, wie immer schwer verständlich.

Um so besser unterhielt ich mich mit Gregoriska, der die Aufmerksamkeit hatte, Französisch zu sprechen. Seine Mutter legte den ganzen Abend die feierliche Miene nicht ab, die ich schon bei unserem Eintritt an ihr bemerkt hatte, und mit diesem ernsten Gesicht gab sie mir von allen Speisen. Das Essen war zu Ende. Gregoriska ging auf seine Mutter zu und erklärte ihr, daß ich nach den Aufregungen des Tages sicherlich das Bedürfnis hätte, mich zurückzuziehen und zu schlafen. Smeranda nickte mit dem Kopfe, gab mir die Hand und küßte mich wie eine Tochter auf die Stirn. Sie wünschte mir eine gute Nacht auf dem Schloß.

Gregoriska hatte sich nicht geirrt. Ich wünschte mir nichts sehnlicher, als endlich zur Ruhe zu kommen. Ich bedankte mich bei Smeranda, und sie begleitete mich zur Tür des Eßsaals, wo mich die beiden Frauen erwarteten, die ich schon kannte. Wir gingen in das Zimmer zurück, das ich vor einer Stunde verlassen hatte, um zum Abendessen zu gehen. Ihre Hilfe lehnte ich auch diesmal ab, und sie entfernten sich auf der Stelle, was vermuten ließ, daß man ihnen gesagt hatte, dem kleinsten meiner Winke zu folgen.

Ich sah mich in dem riesigen dunklen Zimmer um, das man mir gegeben hatte, es war gerade soviel zu sehen, wie der Lichtschein der Kerze erhellte, die in ihm brannte. Immerhin konnte ich erkennen, daß es hier noch zwei andere Türen als die gab, durch die ich gekommen war. Sie schlossen aber ungeheure eiserne Riegel auf meiner Seite, und da auch die Tür, durch die ich gekommen war, ein festes Schloß hatte, fühlte ich mich beruhigt. Mir war nach frischer Luft, und ich öffnete das Fenster.

Ein kühler Wind kam herein, und ich beugte mich etwas aus dem Fenster. Unter ihm gähnte ein tiefer Abgrund. Gregoriska hatte mit dem Zimmer eine gute Wahl getroffen. Es war Zeit, nun endlich zu schlafen. Neben meinem Diwan, der mir zur Ruhe dienen sollte, stand ein kleiner Tisch, und ich bemerkte auf ihm ein kleines zusammengefaltetes Billett. Ich öffnete es und las:

›Schlafen Sie ruhig. Sie haben nichts zu fürchten, solange Sie die Mauern des Schlosses nicht verlassen.

Gregoriska.‹

Ich dachte, mich an diesen Rat zu halten, und obwohl mir meine Lage wie ein Mühlstein durch den Kopf ging, waren Müdigkeit und Ermattung größer als meine Sorgen, und ich schlief sofort ein.

XIII.
Die beiden Brüder

So begann mein Aufenthalt auf dem Sitz der Brancovans, und so begann das Drama, von dem ich Ihnen erzählen will.

Die beiden Brüder verliebten sich in mich, und jeder von ihnen zeigte es mir, wie es seinem Charakter entsprach. Kostaki erklärte mir am gleichen Tage, daß er mich liebe und daß er mich keinem anderen Mann, wer auch immer es sei, überlassen würde, eher bringe er mich um.

Gregoriska sagte nichts. Doch umgab er mich mit allen Aufmerksamkeiten, die auf diesem seltsamen Schloß möglich waren. Es war zu spüren, wie er zu tun suchte, was er in seiner Jugend an der Seite seines Vaters gelernt hatte. Mich von ihm gewinnen zu lassen, war nicht schwer. Vom ersten Augenblick an hatte ich mich zu ihm hingezogen gefühlt.

Nach drei Monaten hatte mir Kostaki an die hundert Mal gesagt, wie er mich liebe, und ich haßte ihn durch drei Monate. In der ganzen Zeit hatte Gregoriska noch nicht ein einziges Mal von Liebe gesprochen, doch ich wußte, ich würde ihm gehören, wenn er es wollte.

Kostaki hatte auf seine Streifzüge verzichtet. Er blieb wie angewurzelt im Schloß. Er hatte den Befehl für seine Unternehmungen an eine Art Leutnant übertragen, der von Zeit zu Zeit kam, um sich seine Anweisungen abzuholen.

Auch Smeranda zeigte mir ihre Zuneigung so leidenschaftlich, daß es mich ängstigte. Es war kein Zweifel, sie hätte mich gern als Frau Kostakis gesehen und schien noch eifersüchtiger meine Schritte zu beobachten als Kostaki selbst. Doch da sie weder Polnisch noch Französisch sprach, blieben mir Gespräche über die Vorzüge ihres Sohnes und wie gern sie uns als Paar gesehen hätte, erspart. Aber sie hatte eine französische Wendung gelernt und die wiederholte sie jedesmal, wenn sie mich bei Begrüßung oder Abschied auf die Stirn küßte: ›Kostaki liebt Hedwig.‹

Es kam der Tag, der mir eine schreckliche Nachricht brachte. Die vier Männer meiner Begleitung, die den Überfall überlebt hatten, waren auf Ehrenwort freigekommen und zurück in die Heimat gegangen. Sie hatten gelobt, nach drei Monaten wiederzukehren, um Nachricht über das Schicksal meines Vaters zu bringen.

Eines Morgens stand einer von ihnen wieder vor mir. Unser Schloß war erobert und abgebrannt worden, und mein Vater war bei der Verteidigung gefallen.

Kostaki verdoppelte bei dieser Nachricht seine Bemühungen und Smeranda ihre Aufmerksamkeiten. Ich entzog mich beiden mit dem Hinweis auf meine Trauer.

Kostaki ließ sich auch jetzt nicht abweisen. Ununterbrochen ging seine Rede, daß ich nötiger noch als vorher einen Mann an meiner Seite brauche, und seine Mutter unterstützte ihn natürlich darin.

Gregoriska hatte mir einmal von der Selbstbeherrschung des Menschenschlages erzählt, der hier in seiner Heimat lebte. Er selbst war ein Beispiel, wie sie verstanden, ihre Gefühle zu verbergen.

Ich war völlig überzeugt, daß er mich liebe, aber Beweise dafür hätte ich nicht nennen können. Niemals hatte seine Hand nach meiner gesucht, nie war sein Blick in meinen versunken. Und doch war da etwas, und Kostaki hatte mit seiner Eifersucht so recht, wie ich mit dem Gefühl, von Gregoriska geliebt zu werden.

Ich muß allerdings sagen, daß mich mein Verhältnis zu Gregoriska beunruhigte.

Einerseits war ich mir sicher, daß er mich liebte, andererseits fühlte ich das Bedürfnis, überzeugt zu werden.

Eines Abends, ich war gerade in mein Zimmer gekommen, klopfte es an einer der beiden Türen, die durch die großen Riegel gesichert waren und durch die ich noch nie gegangen war. An der Art, wie geklopft wurde, spürte ich, daß da draußen ein Freund sein mußte. Ich ging zur Tür und fragte, wer da draußen sei.

›Gregoriska‹, antwortete die bekannte Stimme.

›Was wollen Sie von mir?‹ fragte ich bebend.

›Wenn Sie Vertrauen zu mir haben‹, sagte Gregoriska, ›wenn Sie mich für einen Mann von Ehre halten, dann erlauben Sie mir eine Bitte.‹

›Und die wäre?‹

›Löschen Sie die Kerze, wie Sie es tun, wenn Sie zu Bett gehen, und öffnen Sie nach einer halben Stunde mir die Tür.‹

›Kommen Sie in einer halben Stunde wieder‹, war meine einzige Antwort. Ich löschte das Licht und wartete.

Mein Herz pochte heftig. Irgend etwas Wichtiges mußte bevorstehen.

Die halbe Stunde war vergangen, und diesmal klopfte es noch leiser als vorher. Den Riegel hatte ich schon vorher zurückgezogen, und ich brauchte nur noch die Tür zu öffnen. Gregoriska trat ein und verriegelte gleich wieder hinter sich die Tür.

Einen Augenblick stand er stumm und reglos im Zimmer, und der Finger auf seinem Mund deutete an, zu schweigen.

Als er sich vergewissert hatte, daß uns keine Gefahr drohe, holte er als erstes einen Stuhl für mich. Ich zitterte unübersehbar wie Espenlaub und wäre im nächsten Moment umgefallen. Ich sank auf den Stuhl.

›Oh, mein Gott‹, sagte ich zu ihm, ›was gibt es denn und warum diese Vorsichtsmaßregeln?‹

›Weil mein Leben und vielleicht auch Ihr Leben von dem Gespräch abhängen, das wir haben werden. Mein Schicksal wäre mir gleichgültig, aber nicht die Gefahr, in die ich Sie bringe.‹

Ich griff erschreckt nach seiner Hand. Er küßte sie zart.

›Ich liebe Sie‹, sagte er, ›lieben Sie mich auch?‹

›Ja‹, antwortete ich.

›Würden Sie sich vorstellen können, meine Frau zu sein?‹

›Ja.‹

›Dann werden Sie sich nicht weigern, mir zu folgen? Denn Sie verstehen, daß wir fliehen müssen.‹

›Oh ja‹, rief ich aus, ›lassen Sie uns fliehen.‹

›Leise‹, sagte er, ›nur leise.‹ Hören Sie, was ich getan habe, warum ich so lange schwieg. Ich habe alles vorbereitet für uns, nur mußte ich erst wissen, daß auch Sie mich lieben.

Ich bin reich, ich habe Grundbesitz, Vieh, Wälder, Dörfer. Jetzt habe ich einen Teil davon an das Kloster Hango verkauft. Sie haben mir für dreihunderttausend Franken Edelsteine, für hunderttausend Gold gegeben und das übrige in Wechseln, die ich in Wien einlösen kann. Wird Ihnen eine Million genügen?‹

›Es geht um Ihre Liebe, Gregoriska‹, sagte ich und drückte ihm die Hand.

›So hören Sie weiter. Morgen reite ich zum Kloster Hango, um mit dem Vorsteher die letzten Verabredungen zu treffen. Er hält mir Pferde bereit. Die Pferde werden uns von neun Uhr abends an in einem Versteck in der Nähe des Schlosses erwarten.

Nach dem Abendessen gehen Sie wie heute wieder auf ihr Zimmer, löschen wie heute Ihr Licht, und ich werde wie heute zu Ihnen eintreten. Doch morgen abend gehe ich nicht allein, sondern Sie kommen mit. Wir gehen zum Tor, dann hinaus auf das Feld, und dort erwarten uns die Pferde. Übermorgen werden wir bei Tagesanbruch dreißig Stunden zwischen uns und das Schloß gelegt haben.‹

›Wenn es doch schon so weit wäre.‹

Gregoriska umarmte und küßte mich. Er ging. Er war ein Mann von Ehre. Er nutzte die Situation nicht aus.

In dieser Nacht schlief ich keine Minute. Ich sah mich mit Gregoriska fliehen und von ihm fortgetragen, wie mich Kostaki fortgetragen hatte, nur, was ich damals als entsetzlich empfunden hatte, war diesmal angenehm und süß. Es war ein starkes Gefühl wie der Rausch auf dem Rücken eines schnellen Pferdes.

Es wurde Morgen. Ich ging hinunter in die Schloßräume. Mir schien Kostaki finsterer noch als sonst, als er mich begrüßte. Sein unechtes Lächeln enthielt diesmal etwas wie eine Drohung. Smeranda allerdings schien unverändert.

Während des Frühstücks bestellte Gregoriska seine Pferde. Kostaki schien nichts dabei zu finden.

Gegen elf verabschiedete er sich von uns und kündigte an, er unternähme einen längeren Ausritt.

Er ging aus dem Zimmer, und Gregoriska sah ihm auf seinem Weg zur Tür nach. Auf der Schwelle wandte sich Kostaki plötzlich um und sah mit einem haßerfüllten Blick auf seinen Bruder zurück.

Es wurde ein unruhiger Tag. Der Grund ist leicht zu verstehen.

Ich hatte niemand etwas von unseren Plänen gesagt, selbst in meinen Gebeten ließ ich sie nicht vorkommen, und doch hatte ich das Gefühl, sie seien jedermann bekannt, und jeder Blick ging mir bis in den Grund des Herzens.

Das Mittagessen war eine Qual. Wir saßen schweigend am Tisch. Kostaki sprach selten und wenn, dann ganz wenige Worte zu seiner Mutter. Der Ton seiner Stimme machte mir Angst. Als ich aufstand, umarmte mich Smeranda wie gewöhnlich und sagte die Worte, die ich nun schon jeden Tag von ihr gehört hatte: ›Kostaki liebt Hedwig‹.

Die Worte verfolgten mich wie eine Drohung. Sogar in meinem Zimmer glaubte ich sie zu hören.

Der Tag neigte sich, und es war gegen sieben Uhr, als ich

Kostaki über den Hof gehen sah. Er sah in meine Richtung hinauf, doch versteckte ich mich rasch.

Ich hatte ein ungutes Gefühl und hätte gern gewußt, was er denn dort unten treibe. Allerdings verlor ich ihn aus der Perspektive meines Fensters aus den Augen, und so schlich ich in das Nebenzimmer, wo ich einen besseren Überblick hatte. Er ging zu den Ställen und kam nach einer Weile mit seinem Lieblingspferd heraus. Er sattelte es mit der Sorgfalt eines Mannes, der Kleinigkeiten ernst zu nehmen versteht. Von Waffen sah ich nur einen Säbel bei ihm.

Mit der Arbeit fertig, blickte er noch einmal zu meinem Fenster, und da er mich nicht sah, schwang er sich in den Sattel und ritt zum Tor hinaus, durch das schon sein Bruder das Schloß verlassen hatte. Kostaki schlug die Richtung des Klosters Hango ein.

Mir begann sich das Herz zuzuschnüren. Eine Ahnung sagte mir, daß Kostaki seinem Bruder folge.

Ich blieb auf meinem Fensterplatz, solange ich von dort oben Kostaki nachschauen konnte. An einer Wegkrümmung des Pfades, den er ritt, verlor ich ihn aus den Augen. Jetzt wurde es dunkel, und obwohl ich nichts mehr erkennen konnte, blieb ich doch auf meinem Beobachtungsposten, um vielleicht den einen oder den anderen der Brüder auftauchen zu sehen. Mein Warten war vergeblich. Ich entschloß mich, nach unten in das Schloß zu gehen, dort würde ich am ehesten etwas erfahren.

Als erstes traf ich auf Smeranda. Ihr Gesicht war ruhig, und nichts deutete in ihren Zügen darauf hin, daß etwas Ungewöhnliches im Gange sein könnte. Wie gewöhnlich gab sie ihre Anordnungen für das Abendessen, und die Gedecke der Brüder lagen an den gewohnten Plätzen.

Ich wagte niemand zu fragen. Was hätte ich auch fragen können? Auch war niemand da, mit dem ich mich hätte verständigen können. Alle hier im Saal sprachen allein die Landessprache.

Bei dem geringsten Geräusch zuckte ich zusammen.

Gewöhnlich setzten wir uns um neun Uhr zu Tisch, ich war schon eine halbe Stunde eher unten gewesen und verfolgte mit Unruhe den Lauf des Minutenzeigers.

Einige Minuten vor neun war mir, als hätte ich den Galopp eines Pferdes auf dem Hof gehört.

Smeranda hörte ihn auch, sie wandte ihren Blick zum Hoffenster, doch war es schon zu dunkel, um noch etwas erkennen zu können.

Wenn sie mich angesehen hätte, wäre sie wohl unterrichteter gewesen, ich hatte das Gefühl, auf meinem Gesicht stünde alles geschrieben, was in meinem Herzen vorging.

Man hatte nur den Hufschlag eines einzigen Pferdes gehört. Mir schien es natürlich. Ich hatte geahnt, nur ein Reiter würde zurückkehren.

Doch welcher war das?

Im Vorzimmer hörte man Schritte. Sie waren langsam und irgendwie zögernd.

In der sich öffnenden Tür erschien in der Dunkelheit ein Schatten. Der Schatten verharrte einen Moment in der Türöffnung. Ich hatte das Gefühl, mein Herz setze aus. Der Schatten löste sich aus der Tür, und in dem Maße, wie er in den Lichtschein des Raumes trat und ein Mensch aus Fleisch und Blut wurde, kehrte mein Atem zurück. Ich erkannte Gregoriska.

Eine Minute mehr und es hätte mir das Herz gebrochen.

Es war Gregoriska und doch ein anderer. Sein Gesicht war leichenblaß. Man brauchte ihn nur anzusehen, um zu wissen, daß etwas Schreckliches geschehen sein mußte.

›Bist du es, mein Sohn Kostaki?‹, fragte Smeranda.

›Nein, meine Mutter‹, antwortete Gregoriska.

›Ah, Sie sind da …‹, sagte sie, ›… und seit wann muß Ihre Mutter auf Sie warten?«

›Meine Mutter‹, sagte Gregoriska und schaute dabei auf die Uhr, ›es ist erst neun.‹

Genau in diesem Augenblick schlug die Uhr auch die neunte Stunde.

›Es ist wahr‹, sagte Smeranda, ›doch wo ist Ihr Bruder?‹ Unwillkürlich dachte ich, daß Gott die gleiche Frage Kain gestellt hatte.

Gregoriska antwortete nicht.

›Hat denn niemand Kostaki gesehen?‹ fragte Smeranda.

Der Haushofmeister erkundigte sich bei den Bedienten. Einer von ihnen sagte: ›Der Graf ist um sieben im Stall gewesen und hat sein Pferd selbst gesattelt. Später ist er in Richtung Hango geritten.

In diesem Moment begegneten sich Gregoriskas und mein Blick. Ich wußte nicht, ob ich mich täuschte, aber mir war so, als ob er einen Tropfen Blut an der Stirn hatte. Vorsichtig deute ich mit dem Finger auf meine eigene Stirn. Gregoriska verstand. Er nahm sein Taschentuch und wischte sich über die Stelle.

›Ja, ja‹, sagte Smeranda leise, ›er wird irgendwo einem Wolf oder einem Bären hinterherjagen. Das ist seine Leidenschaft. Dafür läßt ein Kind seine Mutter warten.

Wo haben Sie ihn denn das letzte Mal gesehen, Gregoriska?‹

›Meine Mutter‹, antwortete Gregoriska mit einer Stimme, die ebenso zitterte wie fest war, ›mein Bruder und ich sind nicht gemeinsam ausgeritten.‹

›Es ist gut!‹ sagte Smeranda mit fester Stimme. ›Man richte das Essen an. Wir wollen uns zu Tisch begeben. Verschließt die Tore. Wer draußen ist, möge draußen schlafen.‹

Das Essen wurde serviert, und wir setzten uns. Smeranda zuerst und Gregoriska rechts und ich links von ihr. Die Diener hatten jetzt Zeit, dem anderen Teil ihres Befehls nachzukommen, die Schloßtore zu schließen. Doch dazu kam es nicht. Vom Hof drang Lärm und Rufen zu uns herauf. In diesem Augenblick trat auch ein völlig verstörter Diener in den Speisesaal und rief aufgeregt: ›Fürstin, das Pferd des Grafen Kostaki ist allein und ganz mit Blut besudelt eben in den Schloßhof zurückgekommen.‹

›Oh Gott‹, sagte Smeranda leise und wurde blaß. Sie richtete sich drohend auf und rief: ›Das habe ich schon einmal erlebt. So ist eines Abends auch das Pferd seines Vaters gekommen!‹

Ich sah zu Gregoriska. Er war noch bleicher geworden. Smeranda hatte Ähnliches wirklich schon einmal erlebt. Eines Abends hatte sich in der Tat das blutbesudelte Pferd des Grafen Koproli allein auf dem Schloßhof eingefunden, und eine Stunde später hatte man ihr die blutige Leiche ihres Mannes gebracht. Er war unter den Säbeln seiner Kosaken gestorben.

Smeranda nahm einem der Diener seine Fackel aus der Hand, ging zur Tür und über die Treppe auf den Hof hinab. Das unruhige Pferd Kostakis, das immer wieder ausbrechen wollte und das die Pferdeknechte nur mit Mühe halten konnten, stand in der Mitte des Schloßhofes.

Smeranda ging auf das Tier zu und musterte es genaustens. Sattel und Zaumzeug waren blutig, und an der Stirn des Pferdes war eine Verletzung zu erkennen.

›Kostaki ist von vorn getötet worden‹, sagte Smeranda, ›im Duell. Er hatte nur einen Gegner. Sucht den Toten, Leute. Später werden wir seinen Mörder suchen.‹

Das Pferd war durch das Tor, das nach Hango führte, zurückgekommen. Es war logisch, daß man in dieser Richtung suchen mußte. Die Leute liefen durch das Hangoer Tor hinaus. Eine Weile sah man noch den Lichtschein ihrer Fakkeln zwischen den Feldern, dann verlor er sich im Wald. Ich hatte schönere Bilder in Erinnerung. Mir fielen die Sommerabende in der Toscana oder bei Nizza und das Funkeln der Lichter ein, die man dort von den Bergesrücken unter sich sah.

Smeranda war unten auf dem Hof geblieben. Sie mußte das Gefühl haben, es würde nicht allzuviel Zeit vergehen, bis die Leute mit einer Nachricht zurückkämen. Sie war tränenlos, und doch sah man ihr die Verzweiflung einer um ihren Sohn bangenden Mutter an.

Gregoriska und ich standen neben ihr. Als wir den Saal

verließen, hatte Gregoriska seinen Arm anbieten wollen, es aber dann doch sein gelassen.

Es war etwa eine Viertelstunde vergangen, als auf dem Weg, den man vom Schloß aus übersehen konnte, Fackeln aufzutauchen begannen. Erst eine, dann zwei, dann immer mehr. Diesmal war es kein loser Zug, sie ballten sich alle um einen Mittelpunkt. Sein magisches Auge war eine Bahre, auf der sie einen Toten trugen.

Der Zug kam langsam voran, doch war sein Weg unaufhaltsam. Nach zehn Minuten passierte er das Tor. Die Männer, die die Bahre trugen, hielten einen Moment inne und entblößten vor Smeranda ihr Haupt. Nach einer Minute der Stille gab Smeranda einen Wink, und der Zug setzte sich in Richtung des Saals in Bewegung, den wir eben verlassen hatten. Dort angekommen, setzten sie die Trage mit dem Toten auf den Boden. Smeranda trat zu dem Toten und kniete an seiner Seite nieder. Für einen Augenblick verschleierten ihr die langen Haare, die ihr ins Gesicht gefallen waren, den Blick, bis sie mit einem Ruck den Schleier zurückschlug und tränenlos auf den Toten sah. Endlich begann sie ihm den Rock zu öffnen und das blutige Hemd aufzuknöpfen.

Eine auf der rechten Brustseite liegende Wunde wurde sichtbar. Sie mußte von einer geraden, zweischneidigen Klinge verursacht worden sein. Ich mußte an den Hirschfänger denken, den ich an diesem Tage bei Gregoriska gesehen hatte. Jetzt trug er ihn nicht mehr.

Smeranda verlangte nach Wasser und begann die Wunde zu waschen. Das Blut an den Wundrändern war frisch und rot. Das Schauspiel vor meinen Augen hatte etwas zugleich Schreckliches wie Erhabenes. Da war dieser große, von Pechfackeln erleuchtete Raum, und da waren die wilden Gesichter der Männer aus Kostakis Gefolge und der Flammenschein, der über diese Gesichter zuckte, die grausamen Augen der Männer und ihre fremden Anzüge, und da waren die Schmerzen einer Mutter, die die Kraft hatte, kühl zu berechnen, wie ihr Sohn umgekommen war.

Ein tiefes Schweigen lag über der Szene, unterbrochen nur durch ein gelegentliches Aufweinen der Räuber über den Tod ihres Hauptmanns. Alles das, ich wiederhole es, war erschreckend und erhebend zu gleicher Minute.

Smeranda küßte jetzt die Stirn ihres toten Sohns, richtete sich wieder auf und sagte nur ein Wort: ›Gregoriska!‹ Gregoriska zuckte zusammen und erwachte aus seiner Erstarrung: ›Meine Mutter!‹

›Kommen Sie hierher, mein Sohn, und hören Sie mich an.‹

Gregoriska gehorchte erschauernd, aber er gehorchte. Je näher er der Totenbahre trat, desto stärker floß das Blut aus der Wunde des Bruders. Glücklicherweise hatte Smeranda ihren Blick auf Gregoriska geheftet und übersah so dieses anklägerische Zeichen.

›Gregoriska‹, sagte Smeranda, ›ich weiß wohl, daß ihr euch nicht geliebt habt. Ich weiß wohl, daß du durch deinen Vater ein Waiwady bist und er durch seinen Vater ein Koproli. Aber durch mich, eure Mutter, wurdet ihr beide Brancovans. Ich weiß wohl, daß du ein Mann der Städte des Abendlandes bist und er ein Sohn der Berge des Morgenlandes war, aber der Schoß, der euch trug, hat euch beide zu Brüdern gemacht. Nun, Gregoriska, bevor er in das Grab an die Seite seines Vaters gelegt wird, will ich von dir wissen, ob ich Genugtuung bekommen werde. Ich werde erst wie eine Frau sein und weinen können, wenn ich mich auf einen Mann verlassen kann, daß er die Tat rächt. Wirst Du das sein?‹

›Nennen Sie mir, Mutter, den Mörder meines Bruders, und ich schwöre Ihnen, er wird die nächste Stunde nicht mehr überleben, wenn Sie es wünschen.‹

›Ja, schwöre es, Gregoriska, schwöre es bei Strafe meines ewigen Fluches, verstehst du mein Sohn?

Schwöre, daß der Mörder sterben wird, daß von seinem Haus kein Stein auf dem anderen bleiben wird, daß seine Mutter, seine Kinder, seine Brüder, Frau oder Verlobte sterben werden. Schwöre Blutrache und übergib dich dem himmlischen Fluch, wenn du dieses Versprechen brichst, nimm in Kauf dann, daß dich deine Mutter verflucht.‹

Gregoriska erhob seine Hand über dem Toten: ›Ich schwöre, daß der Mörder sterben wird.‹

Gregoriska hatte geschworen. Den Hintersinn seines Schwures, schien mir, verstanden nur der Tote und ich allein. Etwas Entsetzliches geschah. Ich glaubte zu sehen, wie der Tote seine Augen öffnete und sie mit einer Kraft wie nie zuvor auf mich heftete. Ich hatte das Gefühl, als dringe ein glühendes Eisen in mein Herz.

Es war mehr, als ich ertragen konnte. Ich fiel in Ohnmacht.

XIV.
Das Kloster Hango

Als ich wieder zu mir kam, lag ich auf dem Bett in meinem Zimmer. Eine der beiden Frauen saß an meiner Seite. Auf meine Frage nach Smeranda sagte sie mir, daß Smeranda Totenwache bei ihrem Sohn hielt. Gregoriska war in das Kloster Hango geritten.

Unsere Flucht hatte sich erledigt. Kostaki war tot. Doch auch an die Heirat war nicht mehr zu denken. Konnte ich einen Brudermörder heiraten?

Drei Tage und Nächte verflossen unter seltsamen Träumen. Im Wachen und im Schlafen sah ich die lebenden Augen eines Toten, der Kostaki hieß.

An diesem dritten Tage sollte er beerdigt werden. Morgens hatte mir Smeranda Witwenkleidung bringen lassen. Sie war vom Schleier bis zu den Strümpfen komplett. Ich zog an, was sie mir da hatte bringen lassen.

Das Haus war einsam und leer, alle Bewohner waren in der Schloßkapelle, und auch ich ging dorthin.

Ich hatte Smeranda die drei Tage lang nicht gesehen, doch als ich in die Kapelle kam, trat sie sogleich auf mich zu. Sie war versteinert. Mit langsamen Bewegungen zog sie mich an sich und küßte mich. Ihre Lippen waren eisig. Mit monotoner Stimme sprach sie die drei Worte:

›Kostaki liebt Sie.‹

Sie können sich wohl kaum einen Begriff davon machen, wie diese Worte auf mich wirkten.

Sie waren ja nicht in der Vergangenheitsform, sondern in der Gegenwart gesprochen. Sie hatte gesagt *liebt* Sie, nicht *liebte* sie. Es war eine Liebe aus dem Grab. Ich schauderte zusammen.

Zu gleicher Zeit begann sich ein seltsames Gefühl in mir auszubreiten. Es war mir, als sei ich wirklich die Frau des Mannes, der jetzt tot im Sarg lag, und nicht die Verlobte des Lebenden.

Der Gedanke an diesen Sarg ging mir nicht aus dem Kopf. Es war wie mit der Anziehungskraft der Schlange auf das Kaninchen.

Ich schaute mich nach Gregoriska um. Er stand matt und blaß mit dem Rücken an einen Pfeiler gelehnt. Er blickte nach oben. Er sah mich wohl nicht.

Die Mönche des Klosters Hango umstanden den Toten in einem Kreis. Sie sangen Psalmen des griechischen Ritus. Ich wollte beten, aber ich bekam kein Gebet in meinem Kopf zusammen. Wenn ich mir die Leute hier ansah, hatte ich eher das Gefühl, unter Teufeln als unter Priestern zu sein.

Endlich war der Augenblick gekommen, den Toten hinauszutragen. Ich wollte dem Zug folgen, doch in dem Moment gaben meine Beine unter mir nach, und ich konnte mich gerade noch an der Tür festhalten.

Smeranda, die das bemerkt hatte, winkte Gregoriska herbei und sagte zu ihm ein paar Worte in der Sprache, die sie verstanden, nicht aber ich. Smeranda schaute mich an.

›Meine Mutter befiehlt mir‹, sagte Gregoriska, ›Ihnen Wort für Wort zu übersetzen, was sie jetzt sagen wird.‹

Smeranda begann wieder zu sprechen, und Gregoriska folgte ihren Sätzen mit einem kleinen Abstand.

›Sie weinen um meinen Sohn, Hedwig. Sie liebten ihn, nicht wahr? Ich danke ihnen für die Tränen und die Liebe. Von dieser Stunde an sind Sie meine Tochter, als hätte Kostaki Sie heiraten können. Von dieser Stunde an haben Sie eine Heimat, eine Mutter, eine Familie. Wir weinen um ihn gemeinsam, ich, die Mutter, Sie, seine Frau.

Gehen Sie jetzt, ich werde meinem Sohn zu seiner letzten Wohnung dort draußen bei seinem Grab folgen. Wenn ich zurückkomme, werde ich mich in meinem Schmerz einschließen, und Sie werden mich erst dann wieder sehen, wenn ich ihn besiegt habe.

Machen Sie sich keine Sorgen um mich. Ich werde ihn besiegen, denn ich will leben.‹

Ich vermochte auf Smerandas Worte nicht zu antworten. Die Kehle war mir angstvoll zugeschnürt. Ich ging wieder in mein Zimmer zurück, während sich der Leichenzug in Bewegung setzte. Von einem der Fenster konnte ich ihn noch ein Stück verfolgen.

Das Kloster Hango lag in der Luftlinie nur eine halbe Stunde vom Schloß entfernt. Doch der Weg, der Einschnitte, Bäche und Anhöhen zu überwinden hatte, nahm bis Hango zwei Stunden in Anspruch.

Die Tage waren wieder kalt und kurz geworden. Der November war gekommen. Um fünf Uhr nachmittags brach schon die Dunkelheit herein.

Gegen sieben Uhr abends näherte sich von Hango wieder der Fackelschein dem Schloß. Der Leichenzug kam zurück. Der Tote ruhte an der Seite seines Vaters. Alles war vorbei.

Ich habe ihn von den Gefühlen erzählt, die mich seit dem Tode Kostakis zu beherrschen begannen und die übermächtig wurden, als er mir seinen Blick aufzwang.

Ich fühlte mich elend und traurig, und eine tiefe Depression erfaßte mich. Apathisch saß ich auf meinem Sofa und hörte dem Stundenschlag der Uhr zu, die die verhängnisvolle Stunde immer näher brachte, in der Kostaki umgekommen war. Als es dreiviertel neun schlug, überlief ein Schauder meinen Körper, und ich spürte, wie ich steif wurde. Eine Müdigkeit, der ich mich nicht erwehren konnte, überkam mich, das Atmen wurde mir schwer, und über die Augen legte sich ein Schleier. Ich merkte, wie ich zusammensank.

Und doch war da noch ein Rest Bewußtsein. Ich hörte etwas wie einen Schritt, der sich meiner Tür näherte. Mir war, als öffne sich meine Tür, ich konnte aber nichts mehr sehen und hören. Nur daß ich einen heftigen Schmerz am Hals spürte und danach in völlige Erstarrung fiel.

Um Mitternacht wurde ich wieder wach. Meine Lampe brannte noch, und ich wollte aufstehen, doch war ich so schwach, daß es mir erst beim zweiten Versuch gelang.

Noch immer empfand ich am Hals den Schmerz, den ich im Schlaf empfunden hatte. An den Wänden mich abstützend, schleppte ich mich vor den Spiegel und betrachtete mich. Etwas wie ein Nadelstich war an der großen Halsader zu sehen.

Ein Insekt mußte mich im Schlaf gestochen haben, und da ich sehr ermüdet war, legte ich mich, ohne weiter nachzudenken, in mein Bett.

Ich erwachte am Morgen wie üblich und wollte wie üblich sofort aufstehen, doch in mir war eine große Schwäche, wie ich sie nur einmal an dem Tag gespürt hatte, als man mich zur Ader gelassen hatte.

Vor den Spiegel tretend, überraschte mich meine Blässe. Der Tag verfloß traurig und trübselig. Ich hatte keinerlei Lust, mich irgendwie zu bewegen. Am liebsten blieb ich, wo ich gerade saß oder gar stand.

Die Schlafenszeit kam, und die Frauen brachten mir die Lampe. Ich entnahm ihren Gebärden, daß sie anboten, über Nacht bei mir im Zimmer zu bleiben, doch ich dankte ihnen, und sie gingen.

Zur selben Stunde wie am Vorabend überfielen mich die Zustände von gestern. Ich wollte aufstehen und um Hilfe rufen, aber ich hatte nicht die Kraft, zur Tür zu gelangen. Wie durch ein Tuch hörte ich den Glockenschlag auf dreiviertel neun, die Schritte, das Öffnen der Tür, und dann sah und hörte ich nichts mehr und sank mit dem Rücken auf das Bett.

Wie am Vortag empfand ich diesen stechenden Schmerz am Hals. Und wie an diesem Tag, wurde ich um Mitternacht wach und war noch schwächer und bleicher als gestern.

Am dritten Tag wiederholte sich die gräßliche Plage in allen Einzelheiten ein drittes Mal.

Ich war fest entschlossen, zu Smeranda hinabzugehen und ihr zu erzählen, was mir passiert war. In diesem Augenblick kam eine der Frauen in mein Zimmer und sprach den Namen Gregoriska aus.

Er folgte ihr auf dem Fuße.

Ich wollte aufstehen und ihm entgegengehen, sank aber sofort in meinen Sessel zurück.

Als er mich sah, stieß er einen Schrei aus und lief auf mich zu, aber ich erhob abwehrend die Hand und sagte: ›Was wollen sie hier?‹

›Ich komme, um Abschied zu nehmen‹, sagte Gregoriska traurig. ›Ich ziehe mich aus der Welt zurück. Sie ist mir ohne Ihre Liebe und ohne Ihre Gegenwart unerträglich. Ich komme, um Ihnen zu sagen, daß ich in das Kloster Hango eintreten werde.‹

›Das eine stimmt, Gregoriska‹, sagte ich, ›das andere nicht. Ich liebe Sie immer noch, und mein großer Schmerz ist, daß diese Liebe jetzt so etwas wie ein Verbrechen ist.‹

›Dann kann ich hoffen, daß Sie für mich beten werden, Hedwig?‹

›Ja, ich werde es tun. Doch ich werde nicht lange beten können‹, fügte ich lächelnd hinzu.

›Aber was ist mit Ihnen? Sie sind so fürchterlich blaß?‹

›Gott hat ohne Zweifel mit mir Erbarmen und wird mich zu sich rufen.‹

Gregoriska trat auf mich zu und faßte nach meiner Hand.

Er sah mich prüfend an und sagte dann: ›Diese Blässe ist unnatürlich. Woher kommt sie? Reden Sie, Hedwig!‹

›Wenn ich es Ihnen erzähle, Gregoriska, werden Sie denken, ich bin wahnsinnig.‹

›Nein, nein, Hedwig, reden Sie, wir sind hier in einem Land, das keinem anderen gleicht, in einer Familie, die keiner anderen gleicht. Reden Sie, sagen Sie alles, ich bitte Sie inständig.‹

Ich erzählte ihm alles. Ich erzählte ihm von den seltsamen Zuständen, die mich in der Stunde überfielen, in der Kostaki umgekommen sein mußte, dem Schrecken, der Erstarrung, der eisigen Kälte, der Schwäche, die mich auf mein Bett zwang, den Schritten, der Tür, die sich öffnete, und schließlich von dem stechenden Schmerz an meinem Halse und der wachsenden Kraftlosigkeit und Blässe, die dem folgten.

Ich hatte gedacht, meine Erzählung würde Gregoriska überraschen, und ich beendete sie mit einer gewissen Scham, doch Gregoriska hatte mehr als aufmerksam zugehört. Er überlegte einen Augenblick, um dann zu sagen: ›Sie schlafen also jeden Abend um dreiviertel neun ein?‹

›Ja, welche Mühe ich mir auch gebe, wach zu bleiben.‹

›Und die Tür öffnet sich?‹

›Ja, obgleich ich sie fest verriegele.‹

›Danach dann empfinden Sie den stechenden Schmerz am Hals?‹

›Ja, obwohl an meinem Hals gerade nur ein Nadelstich zu sehen ist. Nicht die Spur einer Wunde.‹

›Wollen Sie erlauben, daß ich mir das ansehe?‹ fragte Gregoriska.

Ich bog den Kopf zurück, daß er meinen Hals sehen konnte. Er betrachtete die Stelle.

›Hedwig‹, sagte er nach einer Pause, ›haben Sie Vertrauen zu mir?‹

›Wir können Sie daran zweifeln?‹

›Glauben Sie meinem Wort?‹

›Wie an das Evangelium.‹

›Nun denn, Hedwig, auf mein Wort, ich schwöre Ihnen, Sie werden keine acht Tage mehr leben, wenn Sie nicht sofort tun, was ich Ihnen jetzt sage.‹

›Und wenn ich es tue?‹

›Dann können Sie vielleicht gerettet werden.‹

›Vielleicht?‹

Er schwieg.

›Was es auch ist, Gregoriska‹, fuhr ich fort, ›ich werde tun, was Sie mir raten.‹

›Hören Sie‹, sagte Gregoriska, ›erschrecken Sie jetzt nicht. In ihrem Lande, wie in Ungarn, wie hier in Rumänien erzählt man sich eine Sage.‹

Mir schauderte, ich konnte mir denken, worum es sich handelte.

›Oh‹, sagte er, ›ich sehe Ihnen an, daß Sie wissen, was ich Ihnen erzählen will?‹

›Ja, ich habe in Polen Menschen gesehen, über die dieses Schicksal gekommen war.‹

›Sie sprechen von Vampiren?‹

›Ja. In meiner Kindheit habe ich erlebt, wie auf einem Friedhof in der Nähe unseres Schlosses vierzig Menschen ausgegraben wurden, die alle binnen vierzehn Tagen gestorben waren, ohne daß man wußte, woran.

Siebzehn mußten mit Vampiren zu tun gehabt haben. Alles, was man davon gehört hatte, war an ihnen zu sehen, sie waren von frischer Farbe und sahen wie lebend aus. Die anderen waren ihre Opfer gewesen.‹

›Und was tat man, um die Gegend von ihnen zu befreien?‹

›Man stieß ihnen einen Pfahl ins Herz und verbrannte sie hinterher.‹

›So macht man das gewöhnlich, aber für uns genügt das nicht. Um Sie von diesem Gespenst zu befreien, muß ich es erst kennenlernen und, beim Himmel, ich werde es kennenlernen. Ja, und wenn es sein muß, dann werde ich mit ihm kämpfen, wer es auch sein möge.‹

›Oh, Gregoriska‹, rief ich erschreckt aus.

›Ich habe gesagt, wer es auch sein möge, und ich wiederhole es. Aber damit wir dieses schreckliche Abenteuer bestehen, müssen Sie allem zustimmen, was ich von Ihnen verlangen werde.‹

›Reden Sie.‹

›Halten Sie sich um sieben bereit, gehen Sie in die Kapelle hinunter, gehen Sie allein. Sie müssen versuchen, Ihre Schwäche zu überwinden, es muß sein.

Dort werden wir das Sakrament der Ehe empfangen, Hedwig. Willigen Sie ein. Um Sie zu beschützen, muß ich vor Gott und den Menschen das Recht haben, für Sie zu handeln. Danach gehen wir wieder hinauf und werden sehen, was passiert.‹

›Mein Gott, Gregoriska, wenn er es ist, wird er Sie umbringen.‹

›Meine liebe Hedwig, fürchten Sie nichts. Nur, ich bitte Sie, willigen Sie ein.‹

›Sie wissen wohl, daß Sie sich auf mich verlassen können, Gregoriska.‹

›Dann auf heute abend.‹

›Ja, tun Sie das, was Sie für nötig halten, ich werde Ihnen nach Kräften beistehen. Und nun gehen Sie.‹

Gregoriska verließ das Zimmer. Ich nahm meinen Beobachterposten am Fenster wieder einmal ein und sah nach einer Viertelstunde einen Reiter den Schloßhof verlassen und in Richtung des Klosters davongaloppieren. Es war Gregoriska. Ich verfolgte ihn mit den Augen, solange ich konnte, um dann in das Zimmer zurückzugehen und zu beten. Ich betete sehr lange, Gott und die Heiligen machte ich auf Knien zu Zeugen meiner Furcht und meiner Hoffnung, erst als es sieben schlug, stand ich wieder auf.

Ich fühlte mich sterbensschwach und sah totenbleich aus. Mit einem großen schwarzen Schleier über dem Kopf ging ich die Treppe zur Kapelle hinunter. Ich zitterte am ganzen Körper und mußte immer wieder stehenbleiben und mich an der Wand stützen. Ohne jemandem zu begegnen, gelangte ich schließlich in die Kapelle.

Im Kirchenraum erwarteten mich Gregoriska und Vater Basilius, der Superior des Klosters Hango. Basilius war mit einem Schwert gegürtet, das zu den Heiligtümern des Klosters gehörte und vor Jahrhunderten einmal einem Kreuzfahrer seine Dienste bei der Eroberung von Konstantinopel geleistet hatte.

›Hedwig‹, sagte Basilius und schlug mit der Hand auf das Schwert, ›mit Gottes Hilfe wird dieses Schwert den Zauber brechen, der Ihr Leben bedroht. Kommen Sie zu mir und fürchten Sie sich nicht. Ich habe einen Geistlichen aus unserem Kloster mitgebracht, der bereit ist, den Schwur auf das Sakrament der Ehe im Namen Gottes entgegenzunehmen.‹

Nach diesen Worten von Vater Basilius begann die Zeremonie. Es wird wenige geben, die so einfach und feierlich zugleich waren. Niemand assistierte dem Geistlichen, er selbst war es, der uns die Hochzeitskränze auf den Kopf setzte.

In unserer schwarzen Trauerkleidung gingen wir mit einer Kerze in der Hand dem Ritual entsprechend um den Altar, dann sprach der Geistliche seinen Segen über uns, nahm uns das Gelöbnis ab und sagte: ›Geht jetzt, meine Kinder. Möge Gott euch Mut und Kraft geben, den Kampf gegen den Menschenfeind zu bestehen. Ihr seid mit eurer Unschuld und Gottes Gerechtigkeit gerüstet. Ihr werdet den Dämon besiegen. Geht und seid gesegnet.‹

Wir küßten die Bibel und verließen die Kapelle.

Zum ersten Mal nahm ich den Arm Gregoriskas. Ich hatte das Gefühl, als ginge von dieser Berührung ein belebender Strom auf mich über, meine Schwäche schwand, und Wärme durchpulste meinen Körper. Es wird alles gut werden, dachte ich. Gregoriska ist bei mir. Er wird dem bösen Spuk ein Ende machen. Oben im Zimmer angelangt, schlug es gerade halb neun.

›Hedwig‹, sagte Gregoriska zu mir, ›wir haben keine Zeit zu verlieren. Jetzt ist es soweit. Willst du dich lieber dem Schlaf überlassen oder willst du wach bleiben und sehen, was hier vor sich geht? Es verlangt starke Nerven.‹

Ich entschied mich, Zeuge der Ereignisse zu sein. Gregoriska zog einen geweihten Buchsbaumzweig aus seiner Tasche und gab ihn mir. Der Zweig war von Weihwasser ganz feucht.

›Nimm diesen Zweig‹, sagte Gregoriska, ›lege dich auf dein Bett, bete zur Jungfrau Maria und warte mutig ab, was du sehen wirst. Aber eins vor allem, laß um Himmels willen nicht den Zweig aus deinen Händen. Mit ihm kann dir selbst die Hölle nichts anhaben. Und was auch geschehen wird, rufe mich nicht, schreie nicht. Bete, hoffe und warte.‹

Ich legte mich mit dem Zweig in den Händen auf mein Bett. Gregoriska versteckte sich hinter dem Thronhimmel, der zur Einrichtung des Zimmers gehörte und von dem ich Ihnen schon erzählt habe.

Ich zählte die Minuten, und ohne Zweifel machte das Gregoriska nicht anders.

Es schlug dreiviertel neun.

Der Glockenschlag war noch nicht verhallt, als ich schon wieder diese Starrheit, diese Kälte empfand. Doch als ich den geweihten Zweig küßte, begannen sich Starrheit und Kälte aufzulösen.

In diesem Moment hörte ich deutlich den langsamen, schlurfenden Schritt auf der Treppe draußen. Er kam auf meine Tür zu.

Die Tür öffnete sich geräuschlos wie von einer übernatürlichen Macht bewegt, und nun ...«

Der Erzählerin versagte die Stimme, dann fuhr sie mit Mühe fort:

»... stand plötzlich Kostaki in der offenen Tür, blaß, wie er auf der Totenbahre gelegen hatte, das lange schwarze, blutig gefärbte Haar hing ihm in wirren Strähnen auf die Schultern herab. Er trug auch die Kleidung, die wir zuletzt an ihm gesehen hatten, und sie klaffte über der Brust auseinander und ließ die blutige Wunde sehen, an der er gestorben war. Alles an ihm strahlte den Hauch des Todes aus, selbst sein Gang war nicht der eines Lebenden, nur die Augen, diese schrecklichen Augen … sie allein lebten.

Doch sonderbar, statt in Angst und Schrecken zu versinken, begann sich mein Mut vor diesem Bild zu regen. Es muß ein Geschenk des Himmels gewesen sein, daß ich mich in der Lage fühlte, nicht in Entsetzen zu verfallen, sondern denken zu können. Wenn unser Geist in der Gefahr erst gelähmt ist, sind wir dem Untergang nahe. Glück hat, wer aus der Wirrnis seiner Lage rechtzeitig aufzutauchen vermag, wie der Ertrinkende, bevor ihn das Wasser verschlingen kann.

Bei dem ersten Schritt des höllischen Geistes auf mich zu spürte ich keine Angst und senkte meine Augen nicht vor seinem Blick. Ich streckte ihm den geweihten Zweig entgegen. Das Wesen versuchte weiter zu gehen, doch es gab eine Kraft, die es nicht vorwärtskommen ließ und dort, wo es stand, festhielt.

›Oh‹, murmelte es, ›Hedwig schläft nicht. Sie weiß alles.‹

Es hatte in der Sprache der Karpaten gesprochen, aber dennoch verstand ich, was da gesagt worden war, was zu den Seltsamkeiten dieser Stunde gehörte.

Das Gespenst und ich standen uns Auge in Auge gegenüber, doch konnte ich, ohne es aus dem Blick zu verlieren, sehen, wie Gregoriska hinter dem Thronhimmel hervortrat, der den großen Sessel überspannte. Er hielt das Schwert in der Hand, und ich hatte ein Gefühl, als sei es der Erzengel Michael persönlich, der sich zu meiner Verteidigung anschicke.

Gregoriska schlug mit der freien Hand ein Kreuz und ging mit dem ausgestreckten Schwert auf den lebendigen Toten zu. Als der plötzlich seinen Bruder vor sich sah, stieß er ein höhnisches Gelächter aus, zog seinen Säbel und drang auf Gregoriska ein. Ihre Klingen kreuzten sich in der Luft, doch kaum berührte der Säbel das geweihte Schwert, wurde der Arm Kostakis schlaff und fiel herunter.

Kostaki stieß einen Klagelaut aus, der ahnen ließ, was in seinem Inneren vor sich ging.

›Was willst du?‹, fragte er seinen Bruder.

›An dir ist es, zu antworten‹, sagte Gregoriska. ›Im Namen des lebendigen Gottes beschwöre ich dich, mir zu antworten.‹

›Frage‹, sagte der Wiedergänger zähneknirschend.

›War ich es, der dich getötet hat?‹

›Nein.‹

›War ich es, der dich angegriffen hat?‹

›Nein.‹

›War ich es, der dich getroffen hat?‹

›Nein.‹

›Du hast dich in mein Schwert gestürzt, Kostaki, und das ist die Wahrheit. Ich bin vor Gott und den Menschen darum unschuldig. Ich habe nicht das Verbrechen des Brudermordes auf meiner Seele.

Du bist nicht wiedergekommen, weil Gott dich dazu gerufen hat, sondern du gehst um, weil du des Teufels bist. Du hast das Grab als ein Dämon verlassen, und du wirst in das Grab wieder zurückkehren.‹

›Mit ihr‹, rief Kostaki und versuchte mit äußerster Anstrengung seinen Platz zu verlassen und nach mir zu greifen.

›Allein‹, rief Gregoriska. ›Wir gehören einander. Hedwig und ich. Das Sakrament der Ehe schützt uns.‹

Bei diesen Worten berührte Gregoriska mit dem Schwert Kostakis Wunde auf der Brust.

Kostaki stieß einen Schrei aus, als sei er von einem Flammenschwert berührt worden. Er trat einen Schritt zurück und legte die linke Hand auf die Brust.

Im gleichen Moment und parallel zu dieser Bewegung trat Gregoriska einen Schritt vor. Er hielt das Schwert unentwegt auf die Brust Kostakis gerichtet und dirigierte damit seine Schritte. Es begann ein langsamer und irgendwie feierlicher

Weg. Kostaki wich beständig zurück, und Gregoriska folgte ihm, ohne ein Wort zu sprechen. Der Lebendige trieb den Toten vor sich her und zwang ihn, das Schloß zu verlassen.

Es war ein schauerlicher Anblick.

Wie von einer unsichtbaren Macht gelenkt, stand ich auf und folgte den beiden Brüdern. Ich ging ganz automatisch ihnen nach.

Wir stiegen die dunkle Treppe hinab, und es war seltsam zu sehen, daß seine Augen in dieser Dunkelheit zwei deutliche Lichtpunkte abgaben. So führte uns unser Weg durch die Galerie, über den Hof und hinaus zum Tor und das alles in einer gleichsam mechanischen, langsamen Weise, Schritt für Schritt, Kostaki durch das Schwert Gregoriskas geführt. Dieser phantastische Marsch dauerte wenigstens eine Stunde. Der Tote mußte in sein Grab zurückgebracht werden. Kostaki und Gregoriska gingen nicht den gewöhnlichen Weg. Sie liefen querfeldein und brauchten sich um irgendwelche Hindernisse nicht zu kümmern. Durch Zauberkraft ebneten sie sich vor ihnen ein, Hecken wurden durchlässig. Bäche trocken, Mauern zeigten Passagen, und auch vor mir war dieser Weg beständig offen und ließ mich ihnen beständig folgen.

Was mich wunderte, war der Zustand des Himmels. Er war wie mit einem Flor bedeckt und Mond und Sterne verschwunden. Das einzige Lichtzeichen in dieser vollendeten Dunkelheit waren die glühenden Augen des Vampirs.

So kamen wir nach Hango, so durchschritten wir die Dornenhecke, die den Friedhof umzäunte. Ich versuchte mich zu orientieren und sah eine offene Grube, die sicher das Grab Kostakis war, der hier neben seinem Vater hätte ruhen sollen.

In dieser Nacht verstand ich alles.

Gregoriska blieb am Rand der offenen Grube stehen.

›Kostaki‹, sagte er, ›noch ist nicht alles für dich zu Ende. Noch kannst du selber handeln. Eine innere Stimme sagt mir, dir könnte verziehen werden, wenn du dich besinnst, wenn du versprichst, in dein Grab zurückzukehren. Versprichst du endlich, Gott gehorsam zu sein und nicht mehr der Hölle?‹

›Nein!‹ antwortete Kostaki.

›Bereust du?‹ fragte Gregoriska.

›Nein!‹

›Ich frage dich zum letzten Mal, Kostaki?‹

›Nein!‹

›Wohlan. Ich habe dich dreimal gefragt. Rufe den Satan zu Hilfe, wie ich Gott rufe, mir zu helfen. Nun laß uns sehen, wer Sieger bleiben wird.‹

Zwei Schreie vereinigten sich zu einem einzigen Aufschrei. Die Schwerter klirrten gegeneinander, und der Stahl sprühte Funken. Der Kampf mochte am Ende eine Minute gedauert haben, mir aber war ein Jahrhundert vergangen.

Kostaki stürzte zu Boden. Ich sah das schreckliche Schwert über ihm schweben, in seinen Leib dringen und diesen Körper auf den frisch aufgegrabenen Boden am Rande des Grabes spießen.

Ein unmenschlicher Schrei erfüllte die Luft.

Ich lief zu dem Kampfplatz, Gregoriska stand aufrecht, doch er wankte. Ich stützte ihn mit meinen Armen.

›Bist du verwundet?‹ fragte ich ängstlich.

›Nein‹, sagte er zu mir, ›aber es gibt Kämpfe, meine liebste Hedwig, in denen man nicht an einer Wunde stirbt, die Kämpfe selbst sind es, die uns töten.

Ich habe mit dem Tode gekämpft, ich gehöre dem Tode.‹

›Liebster, Liebster‹, rief ich, ›laß uns schnell diesen Todesort verlassen, laß uns dahin gehen, wo das Leben ist. Vielleicht wird alles gut.‹

›Nein‹, sagte er, ›hier erfüllt sich mein Schicksal, liebste Hedwig, hier wird mein Grab sein. Aber verlieren wir keine Zeit. Nimm ein wenig von dieser Erde, die das Blut Kostakis aufgesogen hat, und lege sie auf den Biß, den er dir zugefügt hat. Es ist das einzige Mittel, sich seiner schauerlichen Liebe zu entledigen.‹

Ich tat schaudernd, wie er mir gesagt hatte. Ich bückte mich, um ein wenig von dieser Erde in die Hand zu bekommen, und sah die Leiche Kostakis vor mir.

Das heilige Schwert hatte sein Herz durchbohrt, und schwarzes Blut floß unaufhörlich aus der Wunde.

Ich vermengte mit Schaudern Erde und Blut zu einer Art Pflaster und legte es mir auf die Halswunde.

›Jetzt, liebste Hedwig‹, sagte Gregoriska mit immer schwächer werdender Stimme, ›höre genau zu, was ich dir als Letztes sagen kann, um dir zu helfen.

Verlaß dieses Land so schnell du kannst. Je größer die Entfernung sein wird, desto sicherer wirst du sein. Vater Basilius kennt mein Testament. Er wird danach handeln. Und nun Hedwig, küsse mich. In den Armen des Menschen zu sterben, mit dem wir dieses einzige Leben, das wir besitzen, gelebt haben, und in der Stunde des Todes seinen Sinn von dem anderen noch einmal zu bekommen, schien mir immer Glück zu sein. Es ist vielleicht das höchste Glück und das kostbarste Gut, das uns anvertraut ist. Wir haben es nicht vertan, es tröstet mich über unser ungelebtes Leben, Liebste.‹

Es waren Gregoriskas letzte Worte. Er lag tot neben seinem Bruder.

Alle Umstände waren angetan, mich in den Wahnsinn zu treiben. Da war der Friedhof mit dem offenen Grab, da waren die beiden Toten, das fürchterliche Geschehen, dessen Zeuge ich geworden war. Aber die Kraft, die mich im Schloß und auf dem Weg hierher aufrecht erhalten hatte, verließ mich auch jetzt nicht.

Ich schaute mich nach Hilfe um und sah in diesem Augenblick, wie sich das Klostertor öffnete. Paarweise traten die Mönche mit brennenden Fackeln in der Hand heraus, und an der Spitze dieses Zuges ging der Vater Basilius auf uns zu. Sie sangen Totengebete.

Basilius war nach uns im Kloster angekommen. Der seltsame Weg, auf dem man so schnell vorankam, hatte sich nur uns geöffnet. Er hatte geahnt, was passieren würde, und führte seine geistliche Schar auf den Friedhof.

Er fand mich lebend zwischen zwei Toten.

Kostakis Gesicht entstellte ein Krampf, Gregoriskas Gesicht war ruhig, fast war ein Lächeln darauf.

Man begrub Gregoriska, wie es sein Wunsch war, neben seinem Bruder.

Smeranda erhielt bald Nachricht von dem Geschehen, und als sie erfuhr, was ich dabei erlebt und durchlitten hatte, wollte sie mich eilends sehen und kam in das Kloster Hango. Ich mußte ihr in allen Einzelheiten erzählen, was sich in der schicksalhaften Nacht zugetragen hatte.

Ich ließ keine Einzelheit der unglaublichen Ereignisse aus, aber sie hörte mich an wie Gregoriska: ohne Erstaunen und Erschrecken.

›Hedwig‹, sagte sie nach einiger Zeit des Schweigens. ›so phantastisch die Geschichte auch ist, die Sie mir berichtet haben, so erstaunt sie mich doch nicht, nein, sie erfüllt eher meine Erwartungen.

Das Geschlecht der Brancovans ist bis in die dritte und die vierte Generation verflucht. Ein Brancovan hat einmal einen Priester umgebracht.

Nun hat der Fluch sich erfüllt. Das Ende der Brancovans ist gekommen. Die Söhne sind tot, Sie sind die Frau Gregoriskas geworden, ohne daß die Ehe vollzogen wurde, und mit mir stirbt das Geschlecht aus.

Wenn mein Sohn Ihnen eine Million hinterlassen hat, so nehmen Sie das Vermächtnis mit gutem Gewissen an. Nach meinem Tode wird Ihnen der Rest des Vermögens zufallen, abgesehen von den frommen Stiftungen, die ich machen werde.

Jetzt folgen Sie, so schnell Sie können, dem Rat Gregoriskas. Kehren Sie sofort zurück in die Länder, wo man die schrecklichen Wunder, die hier zu Hause sind, nicht kennt. Ich beweine meine Söhne allein. Für meinen Schmerz brauche ich die Einsamkeit.

Leben Sie wohl. Bekümmern Sie sich nicht mehr um mich. Mein künftiges Schicksal gehört mir und Gott allein.‹

Sie küßte mich wie üblich auf die Stirn und verließ mich dann. In Schloß Brancovan lebte sie ihrer Einsamkeit und ihrem Schicksal.

Acht Tage später machte ich mich auf den Weg nach Frankreich.

Es kam so, wie Gregoriska gesagt hatte. Meine Nächte blieben frei vom Besuch des karpatischen Vampirs.

Auch meine Gesundheit besserte sich wieder fast vollständig, und ich habe von diesen Geschehnissen eigentlich nur die Totenblässe zurückbehalten, die ein Mensch nicht mehr los wird, der Opfer eines Vampirs wurde.«

Die Dame zögerte. Dann sagte sie: »Ja, noch etwas anderes ist zurückgeblieben, die Liebe Gregoriskas. Nie werde ich von ihr loskommen. Sie wächst mit der Entfernung. Es ist schön und schrecklich, wenn Sie verstehen, was ich meine, aber das können nur wenige. Glücklich Unglückliche, unglücklich Glückliche sind sie.«

Die Dame schwieg. Die Uhr schlug Mitternacht. Wir sahen uns mit Blicken an, wie wir sie vor Stunden an uns noch nicht gekannt hatten.

Es war Zeit zu gehen. Wir gingen nicht leicht voneinander. Wie anders und unerwartet war dieser Tag ausgegangen, als wir ihn uns gedacht hatten. Wir nahmen Abschied von unserem Gastgeber Ledru. Ein Jahr später starb dieser vortreffliche Mann.

Es ist das erste Mal nach seinem Tode, daß ich Gelegenheit habe, dem guten Bürger, dem bescheidenen Gelehrten, dem freundlichen Menschen öffentlich mit ein paar Worten zu danken, was er war und tat. Ich beeile mich, es zu tun. Ich bin niemals wieder nach Fontenay-aux-Roses zurückgekehrt.

Aber die Erinnerung an diesen Tag ist mir unvergeßlich für mein ganzes Leben. Die seltsamen Geschichten haben sich tief in mein Gedächtnis eingegraben, und ich bin seit vielen Jahren nun schon in allen Ländern, in denen ich reiste – Deutschland, Spanien, Sizilien, Italien, Griechenland, England –, auf der Suche nach ähnlichen Geschichten in dem Gefühl, sie müßten andere ähnlich bewegen wie mich.

In diesen Jahren habe ich einen tüchtigen Schatz solcher Geschichten angehäuft, und ich mache hier den Anfang, ihn meinen Lesern unter dem Namen zu öffnen:

Tausend und ein Gespenst.

Inhalt

Tom Wittgen

Eine dreckige Geschichte

Kriminalroman

190 Seiten, Broschur
DM 13,80
ISBN 3-910163-61-0

Berlin im Herbst 89 – die Grenze ist auf, die Menschen liegen einander in den Armen. Begrüßen, begucken, dann kaufen – Bananen, Videokassetten, Autos – alles, was das Herz begehrt. Das ganz große Geschäft aber läuft im Untergrund an – Rauschgift. Der »Stoff« muß unter die neuen Kunden. Zwischenhändler im Osten warten auf die heiße Ware. Da verschwindet ein unscheinbares Blatt Papier – und alles ist in Frage gestellt. Zwischen Krempelmarkt und Flakbunker beginnt eine gnadenlose Jagd ...